伊兼源太郎

Igane Gentaro

警視庁監察ファイル

偽《いつわ》りの貌《かお》

実業之日本社

目次

一章　笑顔の仮面　7

二章　サバイバル　47

三章　歌舞伎町の男　111

四章　亀裂　168

五章　叫び　218

終章　単純な話　280

偽《いつわ》りの貌《かお》

登場人物相関図

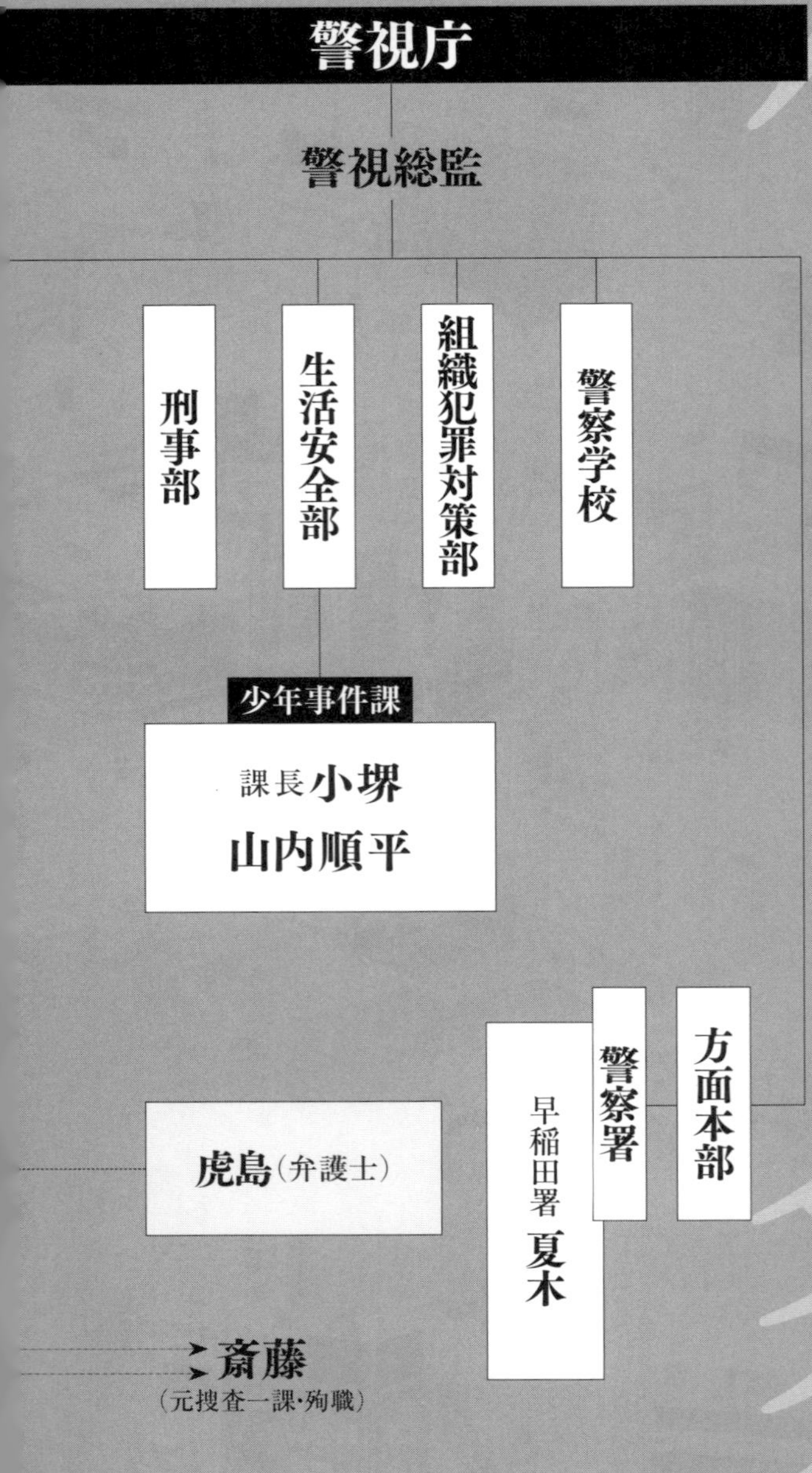

警視庁監察ファイル

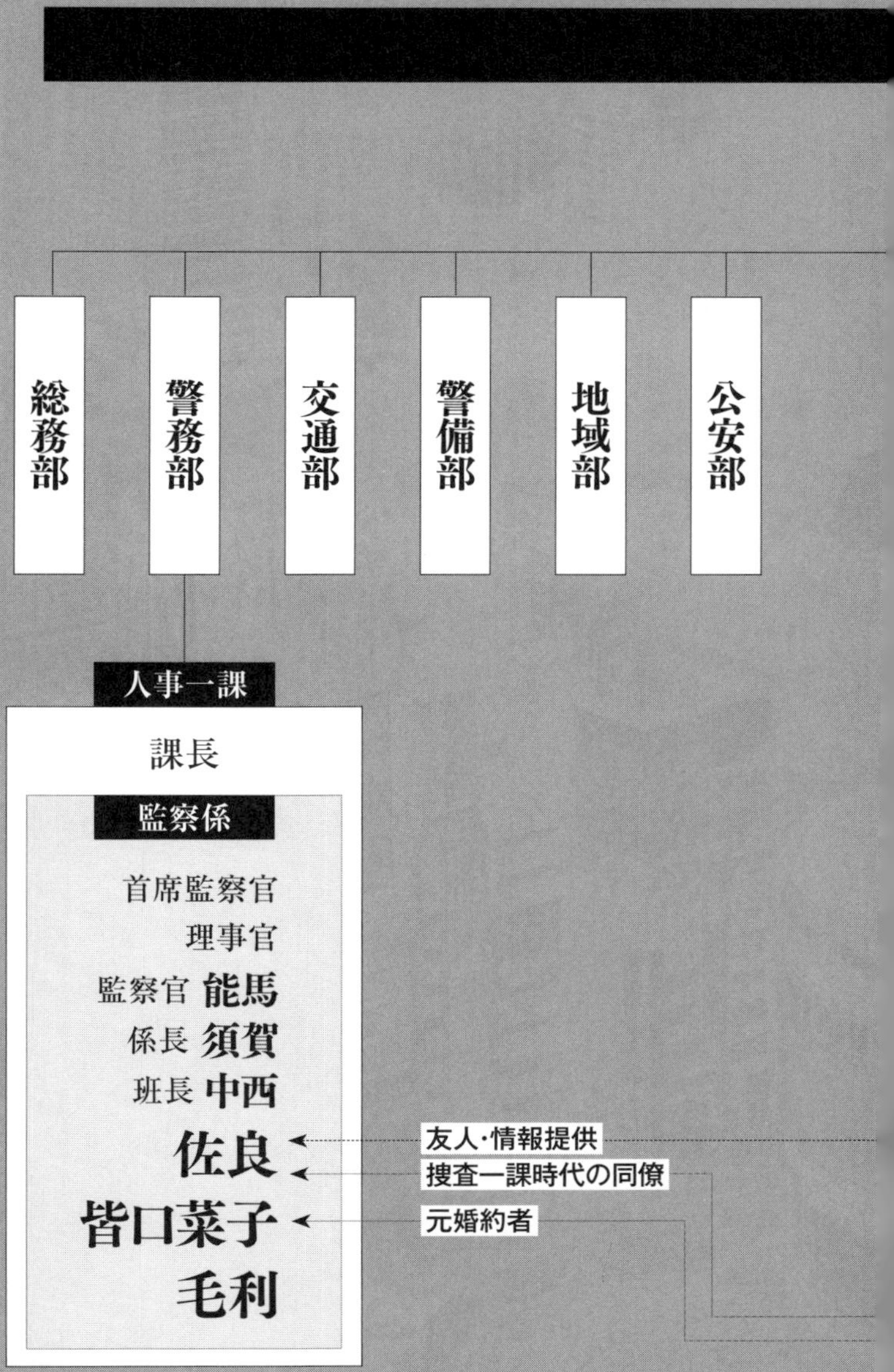

総務部
警務部
交通部
警備部
地域部
公安部
人事一課
課長
監察係
首席監察官
理事官
監察官 能馬
係長 須賀
班長 中西
佐良
皆口菜子
毛利
友人・情報提供
捜査一課時代の同僚
元婚約者

装幀　岡 孝治
写真　O.D.O.
PIXTA（ピクスタ）

偽りの貌《かお》

警視庁監察ファイル

一章　笑顔の仮面

1

よし。今日もいい笑顔を作れている――。

毛利《もうり》は真顔に戻り、再び洗面所の三面鏡に向かって微笑《ほほえ》んだ。口角がしっかりと上がり、目尻も緩んでいる。

問題ない。どこにも隙はない。完璧な微笑みだ。

毎朝、こうして鏡に向かって笑顔の確認をする。少なくとも幼稚園の年長の頃には身についていた習慣だ。最初は確認ではなく、練習だった。頬が引き攣《つ》り、口角が上がらず、うまく笑えなかった。今ではすんなりと作り笑いを生み出せる。人間は日々の習慣で変わっていく生き物だと、己が証明している。

本当に心の底から笑ったことがあったかどうか、もはや自分でも思い出せない。幼稚園で『きらきら星』を踊った時も、小学校で遠足に行った時も、中学校のコーラス部で全国大会の出場を決めた時も、高校二年生で初めて彼女ができた時も、大学三年生でバックパックを背負って世界を回った時も、友人たちと居酒屋で他愛ない話をする時も。

心の底から笑えたと思える日がこれからあるのだろうか。なくてもとりたてて困らないが、一度くらいあってもいい。その時、自分がなにを思うのかを知りたい。

写真の中には笑顔の自分がいる。毎朝確認する笑顔の自分が。もし自分の周辺を誰かが調べる機会があれば、同級生や友人は『いつも笑顔を絶やさない奴だった』と口々に語るに違いない。見た目、立ち居振る舞いがその人の本質を示しているとは限らない。

毛利は真顔になり、頰を二度叩《たた》いた。

手早くスーツに着替え、西日暮里《にしにっぽり》の自宅マンションを出た。五月上旬だというのに、真夏を彷彿させる強い陽射しが降り注いでいる。太陽を避けるように日陰を歩き、東京メトロ千代田《ちよだ》線に乗車すると、無表情な大人の群れに囲まれた。

いまこの瞬間、車内には誰かにとってのよき父親、よき母親、よき上司、よき同僚、よき後輩がいるのだろう。電車内では滅多にお目にかかれないが、家庭や職場では時折笑みを見せているはずだ。毎朝不思議な心持ちになる。

この人たちはどうやって自然に笑えるようになったのだろうかと。

霞ケ関《かすみがせき》駅で下り、地上に上がった。道路沿いの新緑が心地よい官庁街を歩き、警視庁本部に出勤した。少し歩いただけなのに軽く汗ばんでいる。

エレベーターに乗り、十一階のボタンを押すと周囲の気配が一歩引くのを感じた。

十一階の人事一課のフロアに入ると、同僚の皆口菜子《みなぐちさいこ》がすでに出勤していた。難しそうな顔でパソコンに向き合っている。毛利は皆口の隣が自席だ。

人事一課は福利厚生や褒賞、配属など人事に関する職務とともに、もう一つ大きな任務がある。監察業務。いわば警察の警察だ。四万人を超える警視庁職員の不正を突き止める役割を担い、行《こう》確《かく》――行動確認をして、対象者の素行を徹底的に洗う。エレベーターで周囲が一歩引いた理由だ。

皆口は現在、ある事案を追っている。詳しくは知らない。席が隣の人間がいま何をしているのかすら定かでない。人事一課はそういう組織だ。

「おはようございます」

毛利は挨拶し、鞄《かばん》を机に置いた。

「おはよう。毛利君はいつも明るく朗らかだね。警官とは思えないくらいに」

「警官とはいえ、いつも明るく朗らかでいたいじゃないですか」

笑顔を練習するようになってから、冗談や軽口が自然と出るようになった。仮面をかぶると内面にも影響を与える。

つまり学生時代の友人や恋人に見せてきた顔は、本当の自分ではない。服を着るように、気さくさを装っただけだ。しかし、素の自分とはそもそもどんな人間なのだろう。長い間、笑顔をかぶりすぎ、もはやよくわからない。本当の自分なんて、最初からどこにもいやしないのかもしれない。

皆口とは一緒に互助会を追った仲だ。互助会は警察内部で組織され、〝懲らしめ〟と称して法律では罰せられない悪党や、罪と刑が釣り合っていないと彼らが判断した連中に私刑を加えていた。キャリアの警察幹部二名が関わっており、警視庁の一部は大きく揺れた。約半年前の出来事になる。

表沙汰にはなっていない。

警察庁もさすがに揉み消せるレベルの所業ではないが、互助会幹部を体調不良で辞職させ、ひっそりと殺人罪で逮捕したところ、二人とも拘留中に自殺した。これ幸いと上層部はほくそ笑んだことだろう。報道発表をせず、関係者が口を閉ざしておけば外部には漏れないのだから。

本来ならあるまじき事態だ。報道発表されなければ、警察が好き勝手に根拠もなく逮捕できる世の中になってしまいかねない。

毛利だけでなく、互助会捜査にかかわった面々は上の判断に納得している。すべてが明るみに出た場合、最もダメージが大きいのは現場だ。現場が崩れれば、捜査活動に支障をきたす。この一件ばかりは秘密主義と言われるのはやむをえない。警察を守ることは、治安を守ることに繋《つな》がる。警察の信頼度が下がれば、警官のやる気も自ずと落ちる。

互助会幹部の二人も十二分に認識していたのだろう。公判になれば、鼻の利く記者が嗅ぎつける恐れがあった。裏を返せば、二人とも命懸けで互助会に関与したと言える。

皆口が髪をかき上げた。

「確かに明るく朗らかでいたいよね。警官をしてると、ただでさえ笑顔になる機会が少ないし。誰かが犯罪に巻き込まれたり、不正を働いたりしているのを捜査するわけだから」

皆口自身、犯罪に巻き込まれた一人だ。かつて婚約者を失った。殺されたのだ。傷を抉《えぐ》ってしまうので詳細を聞いていないが、互助会の事件にも関連があったらしい。自分にもそれくらいの配慮はできる。

「笑っておけば、脳が楽しいと錯覚するらしいですよ。専門家がテレビで言ってました。嘘《うそ》が嘘じゃなくなるんです」

「へえ、驚き」

皆口が急に口角を上げ、笑みを浮かべた。

「どう？　私の笑顔」

「どきっとしました。かなりいい線いってると思います。映画とかテレビドラマに出ててもおかしくないですよ」

「ありがと。気分もちょっとだけ上がった。もう一仕事しないといけないから、いい気分転換になったよ」

「笑顔で竹下通りを歩いてれば、スカウトされるんじゃないですか」

「中高生じゃないんだから。私は大人の女性です」

「このご時世、何が起きるかわかりません。三十代のアイドルなんてわんさかいますしね」

「どうせなら演技派の俳優になりたいな。さ、仕事仕事」

皆口がパソコンに向き直った。同僚ながら、つい見蕩《みと》れてしまう横顔だ。この人を置いて死んでしまった婚約者は、さぞ無念だっただろう。自分なら死んでも死にきれない。皆口も表面的には明るく振る舞っているが、今もなお婚約者の死を引きずっているはずだ。人間誰しも表には決して出さない感情がある。

「おはよう」

フロアに佐良《さら》が入ってきた。毛利の直属の上司と言ってもいい。監察に配属されて以来、これまですべて佐良の指揮下で動いている。

「おはようございます」と毛利と皆口の声が揃《そろ》った。

互助会をともに追った際、佐良は撃たれた。命こそ取り留めたが、半年経ったいまも見るからに体調が優れない日が続いている。顔色は悪く、毎日体も重そうだ。特に気温が低い日は腹部をよくさすっている。

佐良との行確中、ホームレスの暴行事件に遭遇し、毛利はそれを無視したことがある。佐良は一一〇番通報し、場を収めた。また、毛利が自分を駒として銃を持つ相手の前に飛び出した際、命を助けられた。飛びこんでくれれば、佐良の命も危うくなる状況だった。

以前の自分なら佐良のこういった行動を即座に否定した。必要以上のことはすべきでない。所詮仕事なのだ。仕事に、他人のために命を懸けるなんて馬鹿らしい。いくら人間は独りでは生きられないといっても、単なる自己満足に過ぎない。そう言って。

しかし、当初はまったく理解できなかった佐良の必要以上の行動が理解できるようになった。駒に体温が宿ったとでも言えばいいのだろう。

皆口のおかげでもある。互助会の捜査中、皆口はカレーを作ってくれた。ちょっと芯の残ったニンジン、ほくほくのジャガイモ、噛み応えのある肉、すべてを包み込むコクのあるルー。食堂や店で食べる味とはまるで違う、いわゆる家庭の味だった。実家でたった一度だけ食べた、母親の肉じゃがと通じる味がした。

カレーを一口頰張るなり、安心感が体中に広がり、嬉しさがこみ上げてきた。口幅ったい言い方をすれば、無償の愛を感じたのかもしれない。皆口のカレーを食べ、多くの家庭でこうしたご飯が食べられていると思え、一般人の日常を守るという警官の職務の重さを実感したのだ。

自分のすべてが変わったわけではない。笑顔の仮面をかぶったままだし、自分自身を駒として見ている己も消えていない。佐良ならすべての場面で必要以上のことをするだろうが、自分は違う。今後の警官人生において駒——部品に徹したり、感情を殺したりしなければならない場面もあるはずだ。

必要の範囲に明確な線引きはない。必要以上のことをしないと決めていれば、線引きなんて考えなくていい。けれど、もう佐良と皆口と出会う前には戻れない。誰かに尋ねて答えを得られる類の問題でもない。己で回答を導き出さねばならない。

「皆口、毛利、ちょっと一緒に来てくれ。呼び出しだ」

佐良が親指を会議室の方に振った。

皆口が画面を消して立ち上がり、毛利も続いた。

「なんだか仲良し三人組って感じですね」と皆口が軽口を叩く。

「些細な悪さをして放課後に先生に呼び出された時を思い出しますよ」と毛利は軽口を重ねた。

佐良も振り返り、わずかに口元を緩めた。いたずらをして教師に呼び出された経験があるに違いない。

会議室に入ると、長机はコの字に組まれ、正面の窓際の席に能馬《のうま》が端然と座っていた。相変わらず無表情だ。この人は笑いも怒りもしない。彫りの深い顔立ちに、豊富な黒髪を整髪料で後ろになでつけ、五十代半ばでも引き締まった体。装いは常時、紺無地のスリーピース。

能面の能馬。この人の異名だ。感情を一切窺《うかが》わせず、多くの警官が監察官という言葉でイメージする『血も涙もない人物』という面をまさに体現している。

現在監察係の上層部は首席監察官をトップに、その下に理事官が二人、さらに実働部隊を率いる監察官が四人という構成だ。能馬の実績は群を抜いており、人事一課監察係を実質的に仕切っていて、首席監察官を凌《しの》ぐ発言力と影響力を誇る。互助会の全容解明を指揮したのも能馬だった。

毛利たちは能馬の正面に立った。長机には能馬の私物の、銀柄のタクトが横向きに置かれている。

「三人ともお疲れさま。早速本題に入ろう」

能馬は長机に大きめの透明ビニール袋を置いた。封筒と、折り目の入ったA４用紙が入っている。

「今朝、密告が届いた。君たち三人に担当してもらう」

「失礼します」佐良が三人を代表してビニール袋ごとA４用紙を手に取った。「本庁生活安全部少年事件課少年事件第二係の山内順平《やまうちじゅんぺい》警部補が、暴力団員と接触し、捜査情報を流す見返りに金をもらっている――」

少年事件課か。警視庁では未成年が関係する事件を少年事件課と少年育成課が担当している。少年事件課は各種犯罪で容疑者が少年である案件を扱い、少年育成課は非行防止を目的に活動している。

佐良がビニール袋に入ったＡ４用紙を皆口に渡し、最後に毛利が受け取り、目を落とした。何の変哲もないコピー用紙に、特徴のない黒いインクで佐良が読み上げた文章が印字されている。封筒にもＡ４用紙にも差出人は記されていない。

一読した後、毛利は佐良にビニール袋に入ったＡ４用紙を戻した。能馬が佐良、皆口、毛利の順に視線をやった。

「本格的に動くかどうかを見極めるため、まずは三人で事前監察を行ってほしい」

「なぜ我々三人に？」

佐良が訊《き》いた。

人事一課監察係には毎日のように密告が届く。嫌がらせや逆恨みによる苦情の類も多く、それらを排除するため、当番監察官の下につく主任クラスがまず選別するのが慣習だ。能馬は違う。確度の高い密告を自らピックアップし、即座に部下の一人か二人に数日間行確させる。そうやって感触を摑《つか》み、本格的な監察に進むか否かを決めている。

「適任だからだ」

能馬は淡々と応じた。

「私は現在扱っている案件と並行して担当するという認識でしょうか」

皆口が尋ねると、能馬は銀柄のタクトを手に取り、肩を二度叩いた。

「そちらは別の者に引き継がせる。こっちに専念してくれ」

「承知しました」

「佐良も毛利も異論はないな」

「はい」と毛利と佐良はほぼ同時に返事をした。

「結構」能馬は銀柄のタクトを上着の内ポケットに入れた。「佐良が二人を指揮しろ」

「中西《なかにし》さんも入らないのですね」

佐良たち三人は中西班の一員だ。

「中西は別案件にかかりきりだろ。あっちはまだかなり時間がかかる」

中西だけでなく、佐良たち以外の班員がここ二ヵ月ほど大がかりな監察業務を行っている。中西も互助会の一件で怪我を負ったが、すでに回復した。

——佐良、皆口、毛利はしばらく休め。といっても、細かな仕事をしながらな。

中西はそう言って、件の監察に三人を含めなかったのだ。

「このまま会議室を使い、色々話しあってくれ」

能馬は衣擦《きぬず》れの音もさせずに立ち上がると、会議室を出ていった。

「座ろう」

佐良が呼びかけ、三人はパイプ椅子ではなく、コの字型に並べられた長机におのおの腰掛け、向き合った。

皆口が佐良の手元にあるビニール袋に入ったA4用紙を指さす。

「こう言っちゃなんですけど、取るに足らない賄賂事案って感じですね。だから佐良さんは、能馬さんにどうして私たちが担当するのか尋ねたんですよね」

「まあな。明確な返事はなかったが、相手は能馬さんだ。単純な密告でも、何か引っかかりがあったんだろう」

「超能力者みたいですよね。紙切れ一枚で文言の裏側にある何かが透けてみえるなんて」

毛利が言うと、皆口が肩をすくめた。

「何事も経験なんだよ。先輩に無類のパン好きがいるんだけど、どんなパン屋さんに入っても、商品を一目みただけで、おいしいかどうかわかっちゃう。おいしいパンは光って見えるんだってさ。何度もその力のお相伴に預かってね。ですよね、佐良さん」

「そうだったな。夏木《なつき》は元気か？」

「逮捕術大会の女子の部で上位入賞するくらい元気そうです。佐良さんからの電話を待ちわびてると思いますよ。早稲田《わせだ》署で暇を持て余してるみたいなんで」

「どうだかな」

佐良も色恋の話があるらしい。意外だ。警察組織は若いうちの結婚を陰に陽に迫ってくる。結婚をすれば間違いを犯さず、業務に邁進するという信仰にも近い迷信からだ。警察内において佐良の年齢なら、とっくに結婚していても不思議ではない。仕事ばかりで色恋に興味がないと思っていた。

「皆口、引き継ぎ資料は今日中に作れそうか」

「なんとか。頑張ってみます。夕方からは行確ですよね」

「そのつもりだ。毛利と俺で山内順平の経歴や通信通話履歴を洗っておく」

「では、そっちはお二人に任せます。善は急げ。私は早速引き継ぎ資料作りに戻りますね」

皆口が会議室を出ていくと、佐良は表情を緩めた。

「毛利のおかげで、皆口も昔みたいに明るくなった」

仮面の笑顔でも誰かの気持ちを和ませているのだ。悪い気はしない。

「佐良さんと皆口さんとは古い付き合いなんですよね」

「そこそこな」

「佐良さん、傷の具合はいかがですか」

「寒かった日は痛む時があったが、ここまで温かくなると平気だ。生きてるだけでも感謝しないと」

互助会の時だけでなく、佐良の周りでは犠牲者が出ている。皆口の婚約者は、佐良の目の前で死んでいったそうだ。衝撃は痛いほどわかる。目の前で人が死んでいった経験なら、自分にもある。

一生忘れられないだろう。忘れられるはずもない。

2

「毛利、頼んだ」

マイク付きイアホンから佐良の声が流れた。

「了解です」

毛利も応じた。

行確のためにイアホンを常時接続し、三人で同時通話できる。

午後七時、山内が警視庁を出た。隣には女性警官がいる。年齢は皆口と同じくらいだ。おそらくどこかに聞き込みに行くのだろう。山内は現在、特殊詐欺事件にかかわったと見られる少年三人を追っているらしい。日中、佐良が割った。

いま、未成年は暴力団や半グレ、プロの犯罪者集団のいいカモになっている。特殊詐欺事件ではわずかな金と引き換えに、受け子やかけ子として使い捨てられている。闇バイトなどと呼ばれる犯罪にかかわると人生を棒に振る——といくら口で言っても、彼らには伝わらない。最近は特殊詐欺だけでなく、高級時計店や宝飾店に押し入ったり、資産家を暴行殺人して金や時計を奪ったりとやりたい放題だ。かかわった連中を片っ端から逮捕し、未成年だろうが何だろうが死刑にしてしまえばいいという極論までネットやＳＮＳで飛び交っている。

山内たちはどんな気持ちで、カモとなった連中を追っているのか。

少年少女の居場所を知るのは、仲間の少年少女というのが相場だろう。犯罪に走るような問題を抱える未成年は昼間どこかの巣穴で眠り、夜、行動するパターンが多い。山内もそのセオリーを活かそうとしている。

毛利は背筋にぞくりと快感が走った。

行確相手はプロの警官だ。普段は容疑者やマルタイを行確する側にいるので、下手な尾行は簡単に見破られてしまう。警官は絶えず背後にも注意を向けている。いつなんどき、これまで逮捕した連中に襲われても不思議ではないからだ。法律や刑務所は万能ではない。逆恨みまでは止められない。

警察官なら、きつい割に見返りが少ない難儀な職業だと誰もが知っている。特に監察はきつい割に見返りが少ない……というか、ない。身内にも嫌われる。監察に配属になった途端、親しい同期や先輩後輩からの連絡も途絶え、露骨なまでに接触を避けられる。別に構わない。警官という職業を選んだ以上、仲良しこよしの日々を送ろうと願ってはいない。

山内と相勤《あいきん》が地下鉄の駅に向かう階段を下りていった。

「皆口さん、地下鉄です」

「うん、見えてる」

皆口は毛利の少し先にいるはずだ。姿は確認できない。帰宅する会社員で賑わう官庁街に見事に溶け込んでいる。

毛利は昼間に調べた山内の経歴を脳内で反芻《はんすう》した。

山内順平、警部補、四十六歳。十六年前に結婚し、二人の思春期の娘がいる。仕事で関わる少年少女の犯罪は他人事とは思えないだろう。山内は渋谷中央《しぶやちゅうおう》署の交番勤務から始まり、同署、下北沢《しもきたざわ》署、高円寺《こうえんじ》署、原宿《はらじゅく》署の生活安全課を渡り歩いている。いずれも若者で賑わう街だ。未成年者の殺人未遂事件、恐喝事件などを手がけ、何度も署長賞を受賞してきた。十年前に本庁少年事件課に異動し、その道のエキスパートとして活躍している。エース格らしい。

山内たちは霞ケ関駅から丸ノ内《まるのうち》線に乗った。荻窪《おぎくぼ》行きだ。毛利は二人とは別車両に乗った。皆口もどこかに乗っているはずだ。

「荻窪方面です」

皆口が言った。

「了解」

佐良が応じた。佐良は徒歩での行確ではなく、地上で車に乗っている。山内たちが急にタクシーなどを使用する場合に備えているのだ。また、互助会の一件以来、佐良の体調が完璧ではないのも、足での行確から遠ざかっている理由でもある。素人目にはごく一般的な特徴のない歩き方でも、プロの目は誤魔化せない。体がきつそうに歩く姿は一発で相手に憶《おぼ》えられてしまう。行確は空気に徹するのがコツだ。周囲に溶け込み、誰の目にもつかないようにしなければならない。

能馬が本当に血も涙もなく、部下を完全に部品として捉えているのなら、佐良はとっくにお払い箱になっている。あの能面の下には血が通っているのだ。

常に同じ顔でいるのは自分を律している――ある方向の己に徹しているからに他ならない。

毛利は能馬にある種の親近感を抱いていた。能面をかぶり、素の自分を隠している。監察に配属された時、笑顔の仮面をかぶる自分にはそれがわかった。能馬も本当の自分がどんな人間なのか把握できていないのかもしれない。いや。あれだけ頭が切れる人に限って、それはないか。

本当の自分。能馬のような切れ者はともかく、誰しもが説明できるのだろうか。そんなに簡単なのだろうか。

新宿《しんじゅく》駅に着き、山内たちが下りた。毛利もホームに下り、後を追う。新宿は大勢の老若男女で常に賑わうので、行確がしやすい。もちろん、油断は禁物だ。

「新宿です」

皆口が報告した。

「了解。そっちに向かう。聞き込みだろうが、二人ともよく見ててくれ」

「了解」と皆口と毛利の応答が揃った。

山内たちは東口に出て、通りを二本渡り、歌舞伎《かぶき》町に入った。居酒屋が立ち並び、きらびやかなネオンが輝き、半袖姿の外国人観光客も多い。早くも饐《す》えたアルコール臭が街全体を覆っている。ひと目で暴力団員と認識できる者は減った。かえって厄介だ。地下に潜っただけで、歌舞伎町にはいまだ無数の暴力団が事務所を構え、外国人マフィアもアジトを持っている。

それでも観光地として人気で、食や色を求めて国内外から万単位の人間が毎日集まってくる。不思議な街だ。人間は清く正しくだけでは生きていけないと証明している街とも言える。

山内たちはゴジラヘッドで世界的に有名になった新宿東宝ビル前にやってきた。十代前半の少年少女たちがあちこちでたむろしている。初夏とあって、少女たちの中には肌をあらわにしたかなりきわどい服装の者もいる。アルコール、ジュース、化粧、整髪料、体臭、様々なニオイが混ざりあい、漂っていた。

「見渡す限り、子どもばっかだね。歌舞伎町には似合わないよ。一昔前ならありえない光景だよね。私が小さい頃なんてさ、チャイニーズマフィア同士が偃月刀《えんげつとう》で斬り合ってたって話なんだから」

イアホンに皆口の声が流れてきた。

「ですね。あいつら、トー横キッズって呼ばれる若者たちでしょう」

新宿東宝ビル周辺にたむろする若者の総称だ。ホームレスへの暴行事件、売春行為、オーバードーズなどが頻発し、全国的にも悪名が知れ渡った。誤った英雄意識によって、本人たちも悪名高さを楽しんでいるのかもしれない。

「いま、ラリってるガキんちょも多いんでしょうね」

「パキってるって言うらしいよ」

「勉強になりました。五年もすれば、違う言い方になってるんでしょうね。いくら言葉が変わっても、本質は変わりませんよ。薬で頭がおかしくなっているだけですもん。いかれてます」

山内たちは少年少女たちに話しかけ始めた。やはり聞き込みか。毛利は人待ち顔でスマホを取り出し、路上の隅に立った。皆口も雑踏のどこかにいるはずだ。視線を振って捜す必要はない。

山内たち以外、トー横キッズたちに聞き込む者はいない。

「あれくらいの年齢のお子様なら暇ってわけじゃないよね。試験勉強だの、部活だの、友だち付き合いだので」

「そういうの、あんまり関係ないガキんちょなんじゃないですか。居場所がないからここにいるって話じゃなかったでしたっけ」

一人の警官として失格かもしれないが、ガキの動向には興味がない。テレビや雑誌、ネット記事でかいつまんで見る程度の知識しかない。

「自ら進んで薬漬けになる気も知れないですよ。人間、重い病気になれば嫌でも薬漬けにならなきゃいけないんです。管まみれになって」

「健康寿命をなんとか延ばしたいよ。居場所って、あの年代は学校とか家庭とかだよね」

「でしょうね。いまいちピンと来ませんけど。家庭に問題があるんなら、警察や行政を利用して親を追い出してしまえばいいんです。無理なら施設に駆け込めばいい。スマホで調べれば、駆け込み寺なんていくらでも見つかるはずです。結局、ここが楽しそうだから来ているだけですよ」

「なかなか辛辣だね」

「甘ったれが嫌いなんです」

歌舞伎町の空気は桜田門《さくらだもん》周辺と比べて熱い。昼間に温められた空気が冷める気配がない。そこかしこに初夏の日中の空気が残っている。

「色々難しいんだよ。みんながみんな、頭が切れるわけでも行動力があるわけでもないし」

「優しすぎます」

「そうかな。必要とあらば補導する気まんまんだよ」

「勢い余って正拳突きしないでくださいね」

皆口は空手の有段者で、かなりの腕前だ。互助会を追った時も、手練《てだ》れの猛者をのしていた。

「気をつける。私は縁がなかったけど、若いと群れたがるのは習性なのかもね。タケノコ族とか日本史の授業で習わなかった？」

「さすがに日本史じゃないかと。皆口さん世代だと、渋谷のチーマーとかが近いんじゃないですか」

「私世代じゃないよ。もっと上。私の頃はチーマーもアムラーもシノラーもハマダーも絶滅してた」

「シノラー？　ハマダー？　こういうガキんちょはどこにたむろしてたんです？」

「さあ、私は優等生だったんでね」

おどけるような口調だった。絶対に優等生ではなかったのだ。

「空手の稽古で忙しかった――の間違いでしょう。まあ、ラリってるにしてもパキってるにしても、ガキんちょにヤクを売ってるのは大人なんですよね」

「市販薬はある程度売らなきゃいけないケースもあるだろうね。本当に体調が悪くなったコもいないとは限らないし。けど、ここにいるコたちはじきにシャブにやられちゃうかもね。マルボウがこんなおいしい餌《えさ》に食いつかないわけない」

「すでに蔓延しているのかも」

山内たちは次々と少年少女に声をかけていくものの、これといって収穫はない様子だ。補導する意思はないらしい。きりがないからだろう。あるいは新宿署や行政に任せてあるのか。

毛利は適当に親指を動かし、スマホの天気アプリを使った。今晩雨が降る心配はなさそうだ。

「ちなみに渋谷のチーマーは俺よりもちょっと上の世代だな。東京の片隅にまだヤンキーが生息してた時代さ」急に佐良がイアホン通話に入ってきた。「様子はどうだ？」

「長丁場になりそうです」と皆口が言った。「ここで収穫がなければ、別の場所に移動するでしょうし」

「引き続き頼む。新宿までもう少しかかりそうだ。交通事故で道が少し混んでてな」

「了解。二人で仲良く頑張ります」

山内たちはなおも少年少女に声をかけ続けている。捜査対象者、関係者の居場所が通信通話履歴では辿《たど》れなかったのだろう。携帯を代えられれば、どうしようもない。歌舞伎町ではあちこちに防犯カメラが設置されており、それらの映像もチェックしているはずだが、目当ての人間がいつも同じ場所にいるとは限らない。また、防犯カメラ映像をリアルタイムで追えるわけでもない。

「マルタイの通信通話履歴には気になる点はなかったんだよね」

「ええ。何も。といっても、洗ったのは公用の通信通話履歴です。私用には手を出せていません」

時間的にも難しかったが、まだ事前監察なのだ。本格的な監察に移れば、丸裸にするべく私用の携帯などの通信通話履歴も洗う。

視界の端で動きがあった。

突然、一人の少女が駆け出していた。ハーフパンツに薄手の黄色いシャツが目立っている。少女の表情は引き攣っていた。オーバードーズ状態ではあんなに全力で走れないだろう。何かを抱えている。紙袋？

山内と相勤も明らかに戸惑っている。

少女が誰かに追われている気配はない。ダークスーツ姿の男、観光客らしき外国人、若者、トー横キッズがいるだけだ。誰も少女に目もくれない。少女の全力疾走なんて、この街では日常的な光景なのか。あの少女は誰から、何から逃げているのか。親や教師でも現れたのだろうか。必死な形相だった。

山内に声をかけられた少年が、少女の逃げた方を指さした。

先ほどの少女が走っていった花園神社《はなぞの》方面に、山内たちも駆け出した。どうやらお目当ての人間か、そこに繋がる者だったらしい。

「行こう」

「了解」

周囲に怪しまれぬよう、毛利はのっそりと動き出し、視界に山内たちを捉え、必要な時は早足で歩き、小走りにもなった。他に聞き込みをする警官の姿がなかったとはいえ、山内たちの同僚が辺りにいないとも限らない。目立つ動きは避けねばならない。

山内たちの先にも視線を飛ばしてみる。先ほどの少女の姿はない。路地に逃げ込んだのか、どこかの店に入ったのか。未成年が入れる店はカラオケボックスなどに限られているが、見つけるのは容易ではない。このまま見失えば、あの少女は山内たちから逃げ切れる。吉と出るか凶と出るかは少女次第だ。犯罪者の手先として食い物にされ続けるだけなら、逮捕される方がましだろう。

バーやカラオケボックス、区役所の裏手を抜け、ゴールデン街に入った。狭い路地の左右に飲食店がぎっしり並ぶ、このうらぶれた雰囲気を求めた外国人観光客や会社員で賑わっている。

さらにバーなどが並ぶ通りを進み、花園神社に至った。山内たちは足を止めた。完全に少女を見失った様子だ。

毛利もここまでできるだけ視線を左右に延びる路地などに飛ばしていたが、少女の姿はなかった。

山内たちはしばらく周囲をうろついたが、首を振り合っている。

「戻るみたいだね」

「ですね」

「またさっきの場所で聞き込みかな」

「我々は淡々といきましょう」

毛利は暗がりに身を隠した。山内たちが通り過ぎた後、足元から不意に猫の声がした。付近を根城にしているんだろう。鳴くのを我慢してくれたようだった。

「悪いな。いま、おまえにあげられるものはないんだ」

猫がまた鳴いた。

「なんか言った？」

「いえ、こっちの話です」

毛利は猫の額をひと撫でして、行確に戻った。山内たちは方々に視線を飛ばしながら歩いている。毛利はかなりの距離を置いた。

皆口の姿は見えない。きっと自分と同じように身を周囲に溶かし込みながら、山内たちを追っているのだろう。

先ほどの少女もうまく身を隠せたらしい。

3

まじでやばい感じのとこだな。それが歌舞伎町の第一印象だった。

おれのような中学二年生が足を踏み入れていい街じゃない。地元、大宮《おおみや》の繁華街もまったく好きになれないのに、ここは輪をかけて肌に刺さるような悪意を感じる。ぎらぎら光る看板は眩《まぶ》しすぎるし、なんか臭いし、うるさいし……。

歌舞伎町っていう、華やかすぎる名前も好きになれない。三崎《みさき》はリュックサックを軽く揺らし、背負い直した。

左右、大人たちとすれ違っていく。誰もこちらを気にしない。この街に中学生がいるのは日常なんだろう。飲食店だけじゃなく、目のやり場に困るようなエロい看板も多い。

あれか――。

ゴジラヘッドが出迎えてくれた。ここが新宿東宝ビル。三崎と同世代の男女があちこちでたむろしている。あの連中がトー横キッズか。

一週間かけて、彼らについて手当たり次第にネットで調べた。取り締まりが強化されたけど、補導されてもまたみんなここに戻ってくるそうだ。大人も子どもも、ネオンに吸い寄せられて群れるのは本能らしい。夏、街灯など光を発するものに羽虫や蛾が群がっているのと一緒だ。生き物として昆虫も人間も大差ないのだ。

ぱっと見る限り、周囲に薬でパキってるトー横キッズはいない。きっとまだ時間が早いからだろう。

オーバードーズに使われる薬物は大きく三つあって、安い焼酎で大量に流し込んで意識朦朧《もうろう》とする感覚を楽しんでいるという。意味不明だ。なんでわざわざ朦朧としないといけないんだ？ひょっとすると大人が酒で酔うのと同じなのかもしれない。両方とも分量は誤っていても、非合法なものを体に入れているわけじゃない。

同世代の少女たちがキャリーバッグを背にして地べたに座り、大声で笑っている。誰も彼女たちを気に留めていない。ある意味、平和な光景だ。ここがウクライナやイスラエルだったら、みんな一緒に死んでいても不思議じゃない。

彼女たちの中にはパキるために売春する子もいる。ＳＮＳではどんな夜を過ごしたのかを赤裸々に綴る子もいる。

背中に誰かがぶつかってきた。

「おっと、わりい、わりい」

少し年上っぽい金髪坊主がにっと笑った。歯が何本か抜け、絶対に未成年なのに缶チューハイを持っている。早く来いよ。金髪坊主の向こうから声があがった。赤髪、丸坊主、ゴスロリ、真っ青なロンTといった金髪坊主と同世代の男女が十数人いる。みんな派手だ。自分とはまるっきり違う。こっちは中二の平均よりちょっと身長が高い程度で、この年齢の平均を割り出せば、こんな感じだろうって顔。

「じゃね」

金髪坊主が呼ばれた方に走っていった。

三崎は周りを見渡した。スウェットもパンツも黒ずくめの同世代の少年少女たち、得意げにタバコを吸っている少女、そこに群がる同世代の少年、多分、ＴｉｋＴｏｋ用の動画を撮影している少女たち。

みんな楽しそうに近くの誰かと喋ったり、踊ったりしている。顔見知りのようだ。

おれは何をしているのだろう。何をしにきたのだろう。声をかけようという気がまったく起きない。下校後、急いで家に帰って着替え、昨日のうちに用意したリュックを背負ってやってきたというのに。金髪坊主に話しかけるチャンスだってあった。

もしかしてトー横ならどこかの輪の中に入れると期待していた。居場所のない同世代の集まりなんだから。でも、どの輪にも入れそうもない。というか、入りたくもない気持ちがわき上がってきている。

だって、ここも学校の休み時間と一緒じゃないか。顔見知りで固まり、ぎゃあぎゃあ騒いでいるだけで。

群れて騒ぎたいわけじゃない。話し相手がほしいだけだ。かといって具体的に話したいことや聞きたいことがあるわけでもない。先生の悪口、好きなタレント、面白かったユーチューブなど、くだらない話をしたいだけだ。そんなことすら一生できないのかもしれない。自分には友だちと呼べる同級生はいない。これから学校でできるとも思えない。

小学校入学の時、川口《かわぐち》から大宮に引っ越してきた。入学式当日に熱が出て休み、そのまま一週間ほど学校に行けなかった。初めて登校した時、すでにグループがいくつもできていて、もう自分が入る余地はなかった。休み時間も常に一人だった。六年間、それが続いた。

中学では怖くて部活に入れなかった。まず運動神経がない。太っているわけでも痩せているわけでもないのに運動会の徒競走では最下位、マラソン大会も最下位。バスケットボールやサッカーといった球技、跳び箱や鉄棒といった体操系もできない。

絵や歌も苦手だ。絵を描くと愕然とする。自分が見えている景色と、紙の景色があまりにも違いすぎる。小学校の頃、『音痴だから歌うな』と合唱の授業で周囲に言われ、口パクで通した。

運動もだめ、文化系もだめとなれば入れる部活なんてない。習い事もしていない。

勉強だけはそこそこできる。塾に行かなくても、中間、期末試験ではさほど勉強しなくてもいい点数が取れる。これは小学校の頃から変わらない。試験前になると、ノートを貸してほしいと調子のいい連中がすり寄ってきて、利用されているだけだとわかっていても、つい貸してしまう。

――三崎って、試験前だけは使えるよな。普段は話そうとも思わないけど。

試験勉強もしないのに高得点を取る奴なんて、自分だって鼻につく。できてしまうのだから仕方がないし、周りに取り入るため、わざと悪い点数を取る真似はしたくない。

といって、いじめられてもいない。はっきり言って、学校の連中にとって自分はいてもいなくてもいい存在なのだ。テスト前だって、自分がいなければいないで何とかするんだろう。

毎日をやり過ごすのが、かなりきつい。誰とも喋らず、授業でも当てられず、一言も発しない一日なんてざらだ。引きこもっちゃえばいい、と誰かは言うかもしれない。ふざけんな。〇・一パーセントであっても奇跡の機会を逃したくない。明日、誰かが学校で喋りかけてきて、仲良くなれるかもしれない。今日までいてもいなくてもいい存在であっても……。

こんな思いを大人たちは理解できないだろう。いじめられたり、ネグレクトを受けたり、虐待されたりした、誰から見ても〝可哀想な子ども〟だけがトー横に来るわけじゃない。そんなのは単なる偏見で、決めつけだ。

友だちのいない子どもが、喋る相手もいない子どもがトー横には何かがあるかもと期待して何が悪い？

でも――。

三崎は溜め息をついた。結局、同世代が居場所を求めて集まってくる街にも身の置き場はなく、話し相手もいない。

パーカーのポケットに手を突っ込んだ。

明日なんてなくなってもいい毎日は変わりようもないのだ。いまこの瞬間、世界が滅亡したっていい。いくら〇・一パーセントの奇跡を信じていようと、どうせいいことなんて何も起きっこない人生なんだから。大人になっても、自分はいてもいなくてもいい人間のままに決まっている。ちょっと勉強ができる人間なんて溢れかえっている。これをするまでは絶対に死ねないという何かもない。

死。自殺。最近、そんな言葉が頭の中をちらついている。

「あの……」

背後から声がした。振り返るとトー横キッズとはどこか違う、同世代のおとなしそうな少女がいた。黒髪のおかっぱ頭で、身長は三崎より低く、もしかすると小学生かもしれない。カラフルなTシャツの上にシースルーの白いシャツを着て、不安そうな顔だ。せっかく愛くるしい顔立ちなのに、表情が台無しにしている。

「どうしたの?」

「一人ですか」

「ええ、まあ」

「よかった、わたしも一人なんです。初めて歌舞伎町に来て……」

おかっぱ少女は周りを見回した。つられ、三崎も改めて周囲を見る。本当に嫌な気配が漂っている街だ。初めて歌舞伎町に来た、か。どうりで雰囲気がトー横キッズと違うわけだ。連中はなんと言うか……いきがっている、活き活きしてるというより、勝ち誇っている気配がある。学校で一軍として活躍する連中と同じ気配と言えばいいのか。

「歌舞伎町に詳しいんですか」とおかっぱ少女が言った。

「全然。おれも今日初めてきたから」

「一緒ですね。ここにいるコたちの仲間に入りたくて、ですよね？」

「そう思ってたんだけど、来てみたら、あの中に入りたくないなってさ」

「わっ、それも一緒。いざ来たものの、わたしもなんか馴染めないなって」

「なんでおれに声をかけたの？」

「なんとなく話せそうっていうか、自分と同じニオイを感じたから」

言わんとすることはわかる。三崎も彼女に自分と同じニオイを感じている。

「ここ、やばい感じの街だよね」

三崎は呟くように言った。

「安心安全とはほど遠いですよね」おかっぱ少女が微笑んだ。恐る恐るしたような微笑みだった。

「ネットで色々調べてきたんですけど、警察とかが安心安全がどうこうって書いた横断幕を持って歌舞伎町をパレードしてる写真があって」

「ほど遠いから、そうやってアピールしなきゃいけないんじゃない？」

「なるほど、そういうことか。でも、よかったです、話せる人がいて。このまま地元に帰るのもなんだかなって。結構遠いし」

「地元、どこなの？　……って聞くならお前から言えって話だよね。おれは大宮」

おかっぱ少女と話せ、少し気持ちが落ち着いた自分がいる。

「千葉《ちば》市です。どうせなら自己紹介しません？　わたしは諏訪部美雪《すわべみゆき》です。諏訪湖の諏訪に、部活の部、美しいにスノーの雪。中二です」

「え、ああ、三崎です。数字の三に、長崎の崎。同じく中二。諏訪部は――」

「美雪って呼んでください」

「そいつはちょっと。でも敬語はなし、タメ語でいこう」

「オーケー」

「その調子、諏訪部は他にも誰かと喋った？」

「全然。喋りかける気にもなれないって感じ」

「だよね」

トー横キッズたちに話しかける大人がいた。男と女の二人組だ。キッズたちは適当にあしらうわけでもなく、受け答えしている。

一人の少女が逃げ出していくように駆け出した。大人たちはほどなく、少女を追いかけていった。

「あれ、警察なのかも」と美雪が声を潜めた。

「あの子、なんかしたのかな」

「さあ。でも、補導される前に離れた方がいいかも。他にも近くに警察がいるんじゃない？」

「ひょっとして、やばい薬でも持ってきた？」

「まさか。補導されたくないだけ。面倒そうだから。薬で何もかも忘れたいって気持ちは理解できるけど」

美雪の声は中学二年生にしてはやけに重たい。三崎は彼女の一言にいまいちぴんとこなかった。忘れたい過去も現実も自分にはないからだろう。

「とにかくさ」美雪の様子を見て、三崎はわざと軽い声を発した。「とりあえずここを離れようか」

「だね」

二人は並んで歩き出した。背中の方からはトー横キッズたちの騒ぎ声が聞こえている。

新宿東宝ビルから離れ、北に向かって歩いた。駅への方向ではない。駅に行くと、このまま美雪とさよならだろう。まだ離れがたい。

せっかく出会ったのだ。この偶然を活かしたい。美雪が人生で初めての友だちになるのかもしれない。ごく普通の生活を歩んできた人たちはこの切羽詰まった気持ちをわかってくれないだろう。自分が恵まれた人生だと認識していないのだから。

しばらく無言で歩いた。何を喋ればいいのやら。中学に入り、女子と喋った記憶がない。小学校の頃だって怪しい。

「三崎君は食べ物だと何が好き？」

気を遣ったのか沈黙に耐えかねたのか、向こうから話しかけてきた。

「ラーメンかな。特に味噌ラーメンが好き。野菜もとれるでしょ」

「野菜って、なんだか大人みたいだね」

「うちの親は放任主義でさ。食べるものを自分で管理しないと、栄養失調になっちゃうから。給食じゃたかがしれてるでしょ」

「学校、行ってるんだ」

「一応ね。諏訪部は行ってないの」

「半年くらい行ってない。不登校ってやつ」

「別に珍しい話でもないよ」

「だよね」

至る所においしそうなラーメン屋がある。自分がもう少し大人でお金があれば、彼女を誘って入りたいところだ。

「そっちはどんな食べ物が好きなの」

「わたしもラーメン。好きなのは豚骨かな」

「あ、わかる。味噌もいいけど、豚骨もいいよね。紅ショウガを入れると特にさ」豚骨ラーメンを食べた回数なんて数えるほどだけれど、会話を途切れさせたくないので知ったかぶりをしていた。「キクラゲもたまんないよ」

「だね。ゴマも入れたいかも」

「そうそう」

「わたしたち相性いいね」

美雪の笑顔が弾けた。

三崎は一瞬、言葉に詰まった。周りのネオンがあっという間に遠ざかったかと思えば、一気に輝きが増した気がする。

「三崎君、どうかした？」

慌てて首を振り、三崎は唾を飲み込んで喉を無理矢理広げた。

「なんでもないよ」

君の笑顔にきゅんとしただなんて、恥ずかしくて口に出せない。まだ会って三十分も経っていないのに。でも……。

ええい、当たって砕けろ。

「どっかでラーメン食べる？」

二千円くらいなんとかなる。今日はもしもの時に備えて貯めていたお金から、一万円を持ってきた。いま使わないで、いつ使う？

「いいね。わたし、お店を調べるよ」

通りの隅に寄り、暗がりの路地と交差する辺りに立った。美雪が器用に指を動かしてスマホを操作していく。

「さすが歌舞伎町。お店、いっぱいあるよ。こういう口コミって案外、あてにならないんだよね。

パン屋さんで一回酷い目にあってさ」

「中二なのに食べ歩いてるの?」

美雪は寂しそうに笑った。

「必要な時はね」

「お小遣いは?」

美雪が束の間、返事に困っていた。

「かつかつ。何とかやりくりしてる。あ、ここいいかも。味噌豚骨だって」

「まじ? どれどれ」

三崎が美雪のスマホ画面を覗き込もうとした時だった。

暗がりの路地から人が飛び出してきた。人影は美雪にぶつかり、衝撃で三崎が彼女を抱きかかえるような恰好になった。柔らかな感触に心臓がどきどきする。

「ごめんなさい」

飛び出してきた人が軽く頭を下げた。

ついさっき、新宿東宝ビル付近から逃げ出した少女だ。ハーフパンツに黄色のシャツが目を引いていた。美雪が体勢を戻し、三崎は手を引っこめた。

「これ」

少女が紙袋を三崎に突き出してきた。

「受け取って」

「なんで？」

「なんでもいいから、早く。そのリュックにしまって」

「警察に見られたらマズいもの？」

少女はこくりと頷いた。

「早く。お願い」

焦っている口調だった。手を伸ばすべきではない。かかわるべきじゃない。頭の中ではアラートが鳴っている。なのに、三崎の体は反応していた。紙袋を受け取り、リュックサックにしまった。

「ありがとう。ちょっと預かってて。自分たちでは絶対に使わないでね。けっこう危ないから」

「いつまで預かってればいいんです？」と三崎はリュックサックをまた背負った。

「あたしと再会するまで。でも、あたし、しばらく新宿に来られない。二人ともトー横の新顔？ぜんぜん見ない顔だよね」

「なんとなく顔見知りになるんですか」

「顔見知りっていうか、よく見る顔って感じかな」

「連絡先を教えてください」

「聞かない方がいい。二人のため。一ヵ月後、六月の今日と同じ数字の日、同じ時間にここで集合でどう？」

「紙袋の中身、何なんです？」と美雪が恐る恐る問う。

「悪いけど、いま説明してる暇はない。じゃあ、一ヵ月後ね」

三崎たちの返事も聞かず、少女がこちらに背を向け、暗がりの中にまた駆け出していった。

「何なんだろ」と美雪が首を傾げる。

「ラーメンを食べた後に見てみよう。ここで見ない方がいい気がする」

ごめんね。去り際、少女がそう言い残したような気がした。


味噌豚骨ラーメンの店は空いていた。日中、かなり暑かった。こんな日に味噌ラーメンを食べたがる人は少ないのだろう。券売機でチケットを買った後、奥のテーブル席を案内された。向かい合うのではなく、美雪は三崎の隣に座ってきた。

「こっちの方が落ち着くでしょ。面と向かって食べる姿を見られるの、なんか恥ずかしいしさ」

隣り合うならカウンターでいい気もするけど、テーブル席なら荷物を席に置ける。

「おれの隣でいいなら、いつでもどうぞ」

「なんかきざだね。中二のくせに」

「そうかな」

三崎は頭を掻いた。

二人とも特製ラーメンを頼み、かなりおいしかった。炒めたキャベツやもやし、チャーシュー、煮卵、キクラゲが具材で、テーブルの紅ショウガとゴマはかけ放題だった。

二人とも夢中で啜《すす》り、食べ終わった後、美雪が肘で突いてきた。

「さっきの紙袋の中身、見てみない？」

すっかり忘れていた。

三崎は向かいの席に置いたリュックサックを手に取り、紙袋を取り出した。折り畳まれた開閉部を伸ばし、開けてみる。

端が輪ゴムできつく止められた透明ビニール袋があり、中にはプラスチックと緑色のアルミでできた包装シートに包まれた白い錠剤が大量に入っていた。

「取り出さない方がいい気がする」と三崎は囁《ささや》き、中身が見えるように紙袋を美雪の方に傾けた。

「あ、かもね」

急に紙袋が重たくなった気がする。三崎は紙袋の開閉部を乱雑に折り畳み、鞄の奥に突っ込んだ。

美雪がラーメンのスープをレンゲで一口飲み、こちらを向いた。

「あの女の子、『自分たちでは絶対に使わないでね』って言ってたよね」

「『けっこう危ない』とも言ってた」

「パキる用の薬なんじゃない？　五百円くらいで売ってる薬を、トー横キッズは五千円以上で売るって聞いた。それでも買うんだって。薬局とかで売ってくれなくなってるから」

「その話ならおれも聞いた。正確にはネットで読んだ、だけど」

美雪が店内に視線を巡らせた。

「ちょっとシートを一枚取り出してみない？　いまはお客さんもいないし。店員さんもあっち向いてるし。誰にも見られないよ」

三崎は周りに視線をやった。美雪の言う通り、大丈夫そうだ。シートを一枚取り出し、膝の上に置いた。テーブルの陰で隠すためだ。

シートには会社名も薬の名前も何も印刷されていない。二つ横並びで五列、計十錠の白い錠剤が包装されていた。一列ごとに折れば外せる造りになっている。

「白い薬は痛み止めの鎮痛剤とそっくり。ほら、半分が優しさでできてる薬」

美雪がさらりと言った。

「痛み止めを飲む時なんてある？」

「女子はあるよ。小学校高学年くらいの時から」

三崎は顔が赤くなった。別に恥ずかしい現象ではないのに不思議だ。

「包装のシートもキラキラの折り紙って感じ」

確かに美雪の言う通りだ。時間をかければ、自分にも作れそうな気がする。手先は器用な方だ。運動能力や絵を描く能力とは別なんだろう。

「薬局で売ってる薬じゃなさそうだね」

「だとすると……」と美雪が声を潜めた。

やばい薬だ。持っているだけで犯罪になってしまう類の薬かもしれない。

「その辺に捨てよう」と三崎も小声で言った。「どうせどこの誰かわからない人との約束なんだ。押しつけられたくない」

「だめだよ。誰かに拾われたらどうするの？　わたしたちが持ってれば少なくとも、どこにも出回らない。出回るって言えば、これ売れるのかな」

「売る？　すごい発想だね」

「そうかな、普通じゃない？　メルカリとかで何でも売れる時代じゃん。たくましく生きないと。さっさと自立したいし」

　これまでも色々売ってきたのかもしれない。

「売るって誰に？」

「やっぱ、トー横キッズなんじゃない？」

「まずいでしょ。想像通りのものだとすれば、危ない。場合によっては警察に逮捕されちゃうよ」

「確かに……」美雪が目を伏せ、上げた。「二、三日どうするか考えてみようよ。で、どこかで集まって二人の知恵を披露しあうってのはどう？　お金があれば、こうやって三崎君といっぱいラーメンを食べられて、いっぱい話せる資金になる」

　また美雪と会える――。厄介な錠剤の存在が脳から消え、三崎の頭の中は美雪の笑顔で一杯になっていた。

「賛成」

「とりあえず連絡先を交換しようよ」

　三崎と美雪は互いにスマホを取り出し、ＳＮＳも含め、連絡先を交換しあった。

「あのこ、どこでこんなものを手に入れたんだろうね」

美雪がぼそりと言った。

二章　サバイバル

1

　午前八時、毛利は自席でパソコンと向き合っていた。今朝も山内の通勤を行確した。千葉県市《いち》川《かわ》市の自宅から桜田門の警視庁まで、不審な様子は微塵《みじん》もなかった。もっとも、朝に暴力団員と接触するケースは稀《まれ》だろう。

　警視庁は東京都内が管轄だが、山内のように首都圏の隣県に住む警官は多い。山梨県から通う者もいる。

「おはよう」

　背後で突然、能馬の声がした。気配も足音もまったくなかった。毛利は手を止め、顔を能馬に向けた。

「おはようございます」

「報告書か」

「はい」と短く応じる。

「いい心がけだ。まとめて書く者も多いからな。その日の分をその日のうちに作成した方が、記憶も鮮明だ」

「褒められるほどの仕事ではないかと」

「結構」

「佐良さんから報告があると思いますが、今のところ、不審点はありません」

「ちょっと会議室に来てくれ」

能馬はすでに歩き出しており、毛利は画面を閉じ、慌てて続いた。

会議室は森閑《しんかん》としていた。朝、昼、夜。不思議と同じ空間でも空気は違う。昼はざわめき、夜はしっとりしている。朝はそのどちらでもなく、重たさと軽やかさを兼ね備えた空気に感じる。

能馬が電気もつけずに壁際に立ち、こちらを向いた。

「人事一課にはもう慣れたか」

「おかげさまで。これだけ働かされたら、嫌でも慣れますよ」

半年以上いるのだ。慣れない方がおかしい。

「そうだな。一ヵ月前の一件も手際がよかった」

警察の備品をインターネットで販売していた、警視庁交通部の警部を追った案件だ。毛利が適任だと判断され、佐良とのコンビで仕事が回ってきた。佐良の判断で毛利は行確をせず、警部の公用私用の携帯端末、個人のパソコン、利用しているＳＮＳを徹底的に洗った。得意分野だ。サイバー犯罪対策課にいた際、情報解析の腕を磨いている。三日で証拠を固め、相手に突きつけた。警部はぐうの音も出ず、備品を売っていたことを認め、依願退職した。

「人事一課は楽しいか」

急にどうしたというのか。普段から順番にこうして監察係員と面談めいた話をしているのだろうか。佐良からも皆口からも聞いた憶えはないが、他人に言うほどでもない。

「お言葉を返すようですが、警察に楽しい仕事なんてありますか」

能馬の能面は微塵も揺らがなかった。

「ないな」

この人が最後に心底笑えた日はいつだったのだろう。

「難しい仕事だという自覚はあります」

「ほう。どんな点が？」

「監察は最後の砦《とりで》だからです。犯罪や事故などに際し、市民は警察を頼ります。その警察が揺らがないよう、たがを締め直す役割が監察にはあると思っています」

「誰かにそう言われたのか」

「佐良さんの行動を見ていれば、バカでも気づきますよ」

能馬は能面を崩さぬまま、小さく頷いた。

「人事一課に慣れたのなら、今回は毛利の実力が試されるな。君にとって、一ヵ月前の案件とは難易度が違うだろう」

「失敗すればお払い箱なのでしょうか」

「異動したい課があるのか」

「我々下々の配属に意思なんて反映されないでしょう。行けと言われたら、ベネズエラの刑事課にも異動しなきゃいけない組織では？」

「いい度胸だ。私の前で冗談を言うとは」

「性分です」

人事異動は勤め人に付き物とはいえ、マイナス評価で追い出されたくはない。

「話は以上だ」

「わざわざ雑談のために会議室に？」

「監察係への不満があっても、周りに誰かがいる状況では話せないだろ」

相手は能馬だ。ただの心遣いとは思えないが……。

「ご配慮ありがとうございます」

「引き続き業務に励んでくれ」

能馬が会議室を出ていった。

毛利は閉まったドアを見つめた。能馬にどんな意図があろうが、すべき業務に変わりはない。

毛利も会議室を後にし、自席に戻った。パソコンに向き直り、しばらくすると皆口が隣にやってきて、ビニール袋を掲げた。

「朝ご飯買ってきたよ。食べるでしょ」

「ごちそうさまです」

「こら。自分の分はお金を払え」

「守銭奴ですね」

「どっちが？」

「どっちもです」

「毛利君はいつも通り紅鮭とタマゴサンドイッチね」

皆口が慣れた手つきでコンビニのサンドイッチとおにぎりをおのおのの机に置き、毛利は五百円玉を皆口に渡した。

「毛利君ってさ、ウチに帰ったらすぐに宿題をやるタイプだったでしょ」

「早めに片付ける方ではありました。皆口さんはギリギリ派？」

「そう。大多数派」

「マイノリティに優しい社会になりつつあってよかったです」

「親御さんは毛利君を育てるの、かなり楽だっただろうね。手がかからなそう」

毛利はおにぎりの包装を外し、海苔《のり》を巻き、一口食べた。子どもの頃から数え切れないほど食べてきた、紅鮭のおにぎりだ。米の一粒一粒に染みた味まで舌が憶えている。改良が重ねられても、味の根本は変わっていない。

「どうですかね。皆口さんのご両親は大変だったでしょうね。じゃじゃ馬で」

「だろうね。じゃじゃ馬っていうか、いざとなれば周りを拳《こぶし》で黙らせる派だったから。男の子も

「一発ノックアウト」

皆口が微笑んだ。魅力的な中にも凄みが滲《にじ》んでいる。

「おいしそうにおにぎりを食べるね」

「目隠しして紅鮭おにぎりを食べ比べたら、絶対にどのコンビニのものか当てられます。年季が違うんで」

毛利はおにぎりを食べ終え、サンドイッチの包装を外しにかかった。

「聞いてこないんですね。能馬さんに何を言われたのか」

「人事一課ってそういう部署でしょ。別任務が与えられたのかもしれないし」

「ごもっともなご意見です」

毛利はサンドイッチを口に運んだ。

「二人ともご苦労さん」佐良がやってきた。「特に異常はなかったな」

「佐良さんもおにぎりどうぞ」

皆口に促され、佐良が昆布のおにぎりを受け取った。

「悪いな」

「佐良さんからは代金を徴収しないんですか」

「今まで散々奢《おご》ってもらってきたから」

皆口は鼻歌でもうたいそうな口調だ。亡くなった婚約者たちと楽しい食事を重ねたのだろう。

これまでの人生、自分はそういう時間と無縁だった。不要だったからだ。食事なんて必要な栄養をとればよかった。カプセル一錠で一日分の栄養やカロリーを賄えるのならそれでいいと、いまだに心のどこかで思っている。皆口が作ってくれたカレーとは別問題だ。

「毛利君って、手がかからなかっただろうなって話をしてたんです。いたずらとか余計なあれこれを一切しない子どもだったんじゃないかって」

「そうかもな」

佐良はいなすような口ぶりだった。

「どんなご両親だったの」

皆口が言った。

「父は警視庁の警官でした」

どんな部署で何をやっていたのかは知らない。知っていたとしても、みなまで言う必要はない。

「意外。ねえ、佐良さん」

「確かに意外だ。二世の雰囲気は全然ないな」

互いに家族の話なんてしない。自分が結婚して築いた家庭の話ならともかく、実家の家族構成や思い出話なんて職場ではしない。する意味もない。

遠くから皆口と佐良の会話が聞こえてくる。焦点も次第にぼやけ、毛利の脳内は過去に向かっていた。

＊

毛利には父親と喋った記憶はほとんどない。まったく家にいなかったからだ。出番の日は早朝から出勤し、非番の日も朝からどこかに出かけ、夜遅くに帰ってきた。もはや顔もうまく思い出せない。

おはよう。おやすみ。話すとすれば、その程度だ。まったく喋らないまま一ヵ月が過ぎるなんてざらだった。とはいえ、いまだに憶えている父親の発言もある。たとえば、どこかの県警の不祥事が報じられた頃のことだ。毛利がまだ起きている時間、父親がたまたま家にいた。母がテレビを観ていたところ、画面に向かってぼそりと呟《つぶや》いたのだ。

「警官は公僕だ。社会貢献しないといけない。勤務中だろうと、勤務外だろうと」

息子への教育のつもりだったのか、ご立派なお題目だった。当の子どもは幼心にも印象に残るほど、呆《あき》れていたのかもしれない。家庭にも貢献しろよ、と。家族が社会の最小単位だろ、と。

頑強な父親に対して、母親は病弱だった。生まれつき心臓が弱く、幼い頃は日光にあたる時間まで制限されていたという。毛利が誕生した後、特に体調を崩しやすくなっていた。

毛利は幼稚園の通園前、よく泣いた。母親と離れたくなかった。不安だった。このまま母親がいなくなってしまうんじゃないのかと。

「そんな顔をしないで笑って」

「だって心配だよ」

「笑って。あなたの笑顔がお母さんにとって最高の薬だよ」

毛利は無理矢理笑った。鏡で確かめなくても、ぎこちない笑みだとわかった。その日から毛利は一人でこっそりと笑顔の練習を始めた。

母親は毎朝父親の前では体調の悪さなんて微塵も見せず、気丈に振る舞った。父親も母親の心臓が弱いことは知っていたからだ。父親が出勤した後、母親はよくベッドに倒れ込んだ。

「そろそろお父さんに言おうよ」

「だめ。仕事の邪魔をしたくないから」

「せめて病院にいかないと」

「寝てれば治るから大丈夫。薬をもらったら、ばれちゃうでしょ」

「気づかないと思うよ」

「警官をなめちゃだめ。家の中から物を探すプロでもあるんだから。でもさ、プロの目を誤魔化せるなんて、お母さんもなかなかでしょ？　さあ、幼稚園に行こう。集合場所までならお母さんも歩ける」

毛利はぎこちない笑顔を返事に代えた。

ある日、いつも家にいない父親について母親に尋ねた。小学校低学年の頃だった。

「お父さんは休みの日は何をしてんの？」

「お仕事だよ」

「休みなのに？」

「お巡りさん……お父さんたちは悪い人を逮捕するでしょ。逮捕された人は刑務所っていう場所に、決められた期間入ってる。お父さんは自分の時間を使って、刑務所から出てきた人を手助けしてるの」

「なんで？　悪い人なんでしょ」

母親はゆっくり首を振った。

「刑務所から出てくれれば償いは済んだとされるから、もう悪い人じゃない。そもそも悪いっていうか、心が弱い人なんだよ。だから犯罪に走る。刑務所を出ても仕事がなくて困って、また犯罪に走る人も多いんだって。お父さんはそうならないよう、身銭を切ってお世話をしてるんだよ」

「身銭？」

「自分のお金でって意味」

母親は自慢げな顔をした。夫の行いが誇りだったのだろう。

「だからうちにはお金がないんだね」

一家は古いアパートの一室に住んでいた。警察には寮があるものの主に独身者用で、家族用の寮は大抵いつも満室だ。裕福な家庭でないのは自覚していた。毛利は同級生たちのように毎年家族旅行にいくこともなければ、おもちゃを買ってもらったことすらなかった。

「そ。おまけにお母さんも病気がちだしね。いつもお手伝いしてくれてありがとう。友だちと遊びたいだろうに」

「平気だよ」

母親が寝込むたび、毛利は掃除、洗濯、料理を一人で行い、どれも人並以上の腕前になっていた。料理のレシピは母親からの口伝だ。いつしか母親が寝込まなくても、登校前に洗濯と掃除をし、下校してから洗濯を取り込み、買い物にも行き、夕食を作った。現在ではヤングケアラーと呼ばれる存在だろう。

「お父さんには言わないでね。心配をかけちゃうから。お仕事の邪魔をしたくないの。知ったら、絶対に家にいて色々しようとする」

「わかってるよ」

毛利は律儀に母親との約束を守った。父親には黙っているのに、自分だけには秘密を話してくれたようで嬉しかった。母親としては、あまり家にいない夫でも体調の悪さを二十四時間隠し通せるものではない。子どもにはしっかり伝え、黙っておくよう釘を刺しておく方がいいと判断したのだろう。

父親もそれとなく妻の考えに気づいていたのかもしれない。好意的に捉えれば、妻の気遣いを無碍《むげ》にできないと仕事に邁進《まいしん》したのだろう。妻の面倒を看ることになれば、警察を辞し、別の道を探さないといけなかったはずだ。誰かの面倒を看つつ働けるような甘い職場ではない。警官という仕事が好きだったのだと思われる。母親はそんな父親が誇りであり、好きだったに違いない。

ある日、毛利が学校から帰ると、母親が数ヵ月ぶりに台所に立っていた。たまたま体調がすこぶる良く、冷蔵庫にあった材料で肉じゃがを作っていたのだ。その夜、毛利は母親の肉じゃがを生まれて初めて食べた。涙が出そうなほどおいしく、自分が作る煮物とは雲泥の差だった。

たまに父親が冷蔵庫から残り物を取り出し、食べている姿を見た。

「母さんの料理はいつもおいしいな」

ぼくが作ったんだよ。頭の中で告げるだけで、毛利は微笑みを返すだけだった。母親ならもっとうまく作れる。父親は味音痴だったのだろう。母親の肉じゃがをどんな顔をして食べたのか、見てみたかった。

一度だけ家族三人で外出したことがある。車で埼玉県内の河原に行ったのだ。朝方に母親が握っていたおむすびを食べ、毛利はきれいな石を選び、拾い、何個か車に積み込んだ。

「もしも車に閉じ込められても、この石のおかげで脱出できそうだ」

父親が無愛想に言った。

「どうやって」と母親が尋ねた。

「靴下に詰めて、窓に叩きつけるんだ」

父親はこんな時ですら、物騒な出来事を頭に浮かべているのかと毛利は呆れた。母親はにこにこと笑っていた。


小学校四年生の七月、その日は朝から曇天だった。梅雨の真っ只中で、じめじめと蒸し暑かった。学校から急いで帰ってくると、いつも出迎えてくれる母親がベッドからでてこなかった。エアコンもついておらず、部屋の中はむっとした。

「ただいま」

声をかけても、母親は動かない。おかしい。ランドセルを狭い玄関に投げ捨て、毛利は奥の部屋にあるベッドに歩み寄った。

母親は意識を失っていた。呼びかけても返事はなく、顔が真っ白だった。固定電話に飛びつき、急いで救急車を呼んだ。

応急処置を施す救急隊員を目の前に救急車で移動した際の心細さは、いまも胸の奥底で疼《うず》いている。

「お父さんは？」

聞き取り役の隊員に聞かれた。

「まだ仕事中です」

救急車が来る前に勤め先の警察署に電話を入れたが、相手には連絡がつかないと言われた。何か捜査しているらしかった。

病院に到着するなり、母親はストレッチャーでどこかに運ばれていった。薄暗い無人の廊下のベンチで一人座っていると、足音が近づいてきた。白衣を着た男性だった。

「お父さんは？」

また聞かれた……。

「仕事中だそうです。お巡りさんなので、いつここに来られるかわかりません」

「他に大人のご家族は？　ご両親の親類とか」

「来ません。連絡先も知りません。話なら、ぼくが聞きます」

「そうか。そうだね。君も家族だもんね。心して聞いてくれ」

普通なら、こういう時に子ども一人に状況を伝えないのかもしれない。だが、こちらの気迫や本気度が伝わったのだろう。

「幸い、お母さんの意識は戻った。心臓の状態がかなり悪く、いますぐ入院しないといけない状態だ。でも、入院を嫌がっている」

「どうしてですか」

「ご主人の……君のお父さんの足を引っ張りたくないからと」

入院すれば、父親が仕事に割く時間は減る。見舞いにも来るだろうし、治療費のために出所者の面倒も看られなくなる。母親はそう心配したのだろう。

「入院すれば治るんですか」

「正直に言うと、かなり厳しい。もっと早く入院してくれれば打つ手はあったのに……」

白衣の男性は唇を引き締めた。

「お母さんは死ぬんですか」

「入院すれば、もって半年くらい。入院しなければ、余命一ヵ月から三ヵ月だろう」

「本人は知っているんですか」

「伝えるかどうかの判断はご家族に任せる。一気に気落ちして、命が縮んでしまうケースもあるからね。お父さんとよく相談して。詳しい病名なんかは、お父さんと一緒の時に伝えよう」

白衣の男性が去っていくと、毛利は両拳をきつく握った。父親に相談する気なんて一ミリもなかった。

そのまま病室に移動し、母親の枕元に座った。医者の見解をそのまま伝えた。母親は冷静だった。

「そう。ごめんね。あなたを残して死んでしまうなんて」

「大丈夫。日常生活には困らないから」

早くよくなって、絶対に治るよ——。

そんな見え透いた嘘はつけなかった。嘘をつくには精神が成長しすぎていた。その代わり、肩が勝手に震え、唇がひくひくと動き、涙が両目から溢れてきていた。

母親が指の腹で涙を優しく拭ってくれた。とても温かな指先で、それが余計に寂しさを倍増させた。

「お父さんの……仕事も…大事……かもしれないけど、ぼくは……お母さん…の方が大事だよ」

毛利はしゃくりあげながら言った。母親の顔が滲んで見えなくなった。

母親は自分の判断でその日に入院した。父親には毛利から伝えた。しかし父親は一度も見舞いにこなかった。それまで以上に家に寄りつかなくなり、仕事や出所者の援助に力を割いているようだった。

父親が何を考えていたのかは定かでない。母親が来ないように伝えたのかもしれないし、仕事ばかりで妻の異変に気づかなかったために合わす顔がなかったのかもしれない。どうでもよかった。世間一般の子どもが父親にどんな感情を抱くのかは知らないが、毛利は父親に対して何の感情もなかった。同居人という感覚すらなかった。

母親が入院中、毛利は一切料理を作らなくなった。近くのコンビニで紅鮭のおにぎりを買い込み、適当に食べて過ごした。近所には三軒のコンビニがあったので、順番に通った。

母親は半年後に亡くなった。病室で、毛利の目の前で。握っていた手から力が抜けていく感触は今でも手の平、手の甲に残っている。父親はその時も仕事でいなかった。

父親は葬儀中、ただうつむいているだけだった。毛利は責めなかった。家族ではないからだ。まったくの赤の他人には怒りや憎しみは湧いてこない。そうでないとすれば、病気だろう。

父親も話しかけてこなかった。祖父母や親類が参列していたが、父親は喪主として短い挨拶をした以外は声を発さず、誰とも喋らなかった。毛利が親戚の相手をした。

「お父さん、やつれたね。大変だろうね」

祖母に話しかけられ、毛利は曖昧《あいまい》に頷いた。あの人はただ仕事をしていただけだと言っても無意味だ。

母親が亡くなっても日常は続いた。明日がこなくてもいいと思っても、次の日は必ずやって来た。今まで通り朝は学校に行き、コンビニで紅鮭のおにぎりを買い、様々な家事をし、眠った。給食費は父親ではなく、祖父母に払ってもらった。日中に父親と話す機会はないから、と祖父母には説明した。父親との会話は相変わらずなかった。何を考え、どんな日常を過ごしているかなんて興味なかった。

ある日の日中、父親の同僚が家にきた。警察署の家族交流会で、毛利も何度か会った人だった。父親は不在だった。

「最近、お父さんの様子が変でね。疲れているんだろう。仕事も誰よりも目一杯しているし、奥さんの一件もあった。上司と相談して、明日から一週間、上司命令で休暇をとってもらうんだ。君には先に伝えておこうかとね。あいつの様子を見ててほしいと頼むためにさ」

「あの人はオーケーしたんですか」

「ああ。少し嫌がるかなと心配してたが、すんなり承諾してくれた。君も大変だったろ。二人でゆっくりしてくれ」

同僚は毛利が用意したお茶を啜った。

「ところで君はお父さんをあの人と呼んでいるのかい？」

「あの人は家族ではありませんから」

「そうか……。なにごとも一歩一歩だよ。今までろくに話してないんだろ？　色々じっくり話せばいい」

同僚が帰った後、毛利は同僚が使った湯飲みを床に叩きつけた。湯飲みはきれいに割れた。片付けは自分で行った。自分でするほかなかった。

翌日は日曜日だった。毛利が物心ついて以来、初めて父親が出かけない日曜日となり、窓からは穏やかな陽射しが入ってきていた。

毛利は父親が起きる前にごはんを炊き、わかめの味噌汁と卵焼きを作り、二人は無言で朝食を摂った。

「ご飯、作れるんだな」

「まあね。今日は出所者の援助に行かなくていいの」

「ああ」

声に力のない、短い返事だった。

「なんで」

「今日はいいんだ」

「今までなんで出所者の面倒をみてきたの？」

「するべきだと思ったからだ」

「休みの日まで？」

「仕事っていうのは、必要以上のことをしないといけない、するべきなんだ。みんなが必要以上の仕事をすれば、社会はもっと良くなる」

なおも弱々しい声だった。

毛利は茶碗を置いた。

「じゃあ、早く行ってきなよ。はっきり言って、あなたがいると掃除とか洗濯とかの邪魔なんだ」

「いや……今日は必要ないんだ」

毛利は部屋の隅の台にある、白木の位牌に目をやった。

「お母さんを病院に連れて行くっていう必要なことをできなかった分、ぼくのためにも出かけてくれないかな。必要以上の仕事をして、ぼくの暮らしをよくしてくれよ。あなたは悪い人を見抜く目はあるのかもしれない。弱い人を助けられるのかもしれない。でも、お母さんの体の異変にはなんにも気づいていなかった。いくらお母さんが隠していたとはいえね。だったら、自分にできることをしなよ」

毛利は自分の声が冷ややかだと感じた。小学四年生の声ではなかった。少なくとも、己も含めて学校では聞いた経験のない声色だ。人間、相手に対して声色を使い分けられるのだと初めて知った。

「そうだな……」

「職場に出かけられないなら、お母さんが欲しかったものでも買いに行ってきて。位牌の隣に供えるために」

「ああ、そうしよう。約束だ」

三十分後、父親は着替えて出かけた。夜遅く、毛利がベッドに入ってから帰宅した。

朝、白木の位牌の隣には何もなかった。父親の姿もなかった。学校に行った。教室でごく普通の一日を過ごし、自宅に帰ってくると、鴨居から父親がぶら下がっていた。首を吊って死んでいた。遺書はなかった。

まるで哀しくなく、遺体から垂れ流された糞尿が臭いと感じただけだった。

やはり白木の位牌の隣には何もなかった。父親は母親が欲しかったものを知らなかったのだ。毛利も知らない。欲しいものなんてなかったのかもしれない。

葬儀や死亡にまつわる手続きなどは父親の上司や同僚が手配し、仕切ってくれた。葬儀後、以前家に来た同僚が毛利の肩に手を置いた。

「君のお父さんは働き過ぎで、神経が参ってたんだ。奥さんも亡くしたばかりだしな」

違う、と毛利は心の中で激しく首を振った。

働き過ぎについても、妻の異変に気づかずに何もできなかった自分自身を後悔したのも事実だろう。

だが、違う。

父親は自己満足のために死んでいったのだ。母親もそうだ。

二人とも自己満足のために必要以上のことをした。父親は求められる以上の時間を仕事に費やし、母親は必要以上に我慢した。

必要以上の仕事なんてすべきではないのだ。

父親の自殺は労災にはならなかった。毛利が申請しなかったし、そんな知恵なんて当時はなかった。誰も教えてくれなかった。おそらく申請したとしても、認められなかっただろう。

毛利は母方の祖父母宅で暮らすようになった。毎日食事を用意してくれた。肉じゃがもあった。祖父母なら無償の愛を注いでくれたはずなのに、家庭の味だと一切感じなかった。それでも。

——今日の肉じゃが、おいしい？

——おいしいよ。

にっこりと仮面の笑顔で答えていた。

折を見てコンビニの紅鮭のおにぎりを食べた。人によっては辛い記憶を思い出す食べ物となって喉も通らなくなるどころか、見たくもなくなるかもしれないが、毛利は違った。コンビニの紅鮭のおにぎりは、自分が自分だと確認できる食べ物だと感じられた。それは小学四年生の頃だけの話ではなく、大人になった今でも変わらない。

＊

必要以上のことはすべきではない。佐良と出会い、その基準が揺らいでいる。いや、正確に述べると揺らいでいるのではない。

必要以上のことをすべきではない。場合によってはその時に課せられた任務を放棄してでも、必要以上のことをすべき。

この二つの狭間に、自分のこれまでの人生では決して見出していなかった何かが隠れている気がする。未知のそれを無視できない。するかしないか。どちらかに振り切れば、俄然楽になるのは明らかなのに心が許してくれない。

「佐良さん、仕事は楽しいですか」

「楽しい必要なんてないさ」

「やり甲斐はありますか」

「個人的には、やり甲斐なんてどうだっていい。責任をまっとうしたいだけだ」

佐良はこともなげに言った。

「責任とは？」

「一人の警官としての責任。過去への責任。色々あるよ」

おにぎりの包装が乾いた音を立てている。佐良は文字通り、色々な責任を背負い、生きているのだろう。

「そうですか。皆口さんはやり甲斐はありますか」

婚約者を失い、楽しいはずがない。そんな皆口の気持ちが理解できないほど、自分は人でなしではないが、やり甲斐については聞いてみたい。

「率直に言うと、わからない。やり甲斐なんてどうでもいいっていう佐良さんの気持ちに近いのかな。知っての通り、きつい経験もしたしね」

佐良がおにぎりを食べ終えた。

「毛利はどうなんだ、仕事にやり甲斐はあるのか」

「お二人と一緒で、やり甲斐なんてどうでもいいという方に近いですね」

「お父様が警官だから、その姿に憧れて警察に入ったの？」

皆口の問いかけに毛利は一瞬首筋が強張ったものの、にこりと笑った。

「全然違います」

そうだ、自分はどうして警官になったのだろう。必要以上のことをしなくてもいい仕事なら、市役所や県庁など別の公務員になった方がよかったはずだ。相応にきつい業務も、苦労も、残業もあるだろうが、肉体的にも精神的にも警官の仕事より楽なのは間違いない。お役所仕事という言葉も存在するくらいだ。必要以上のことをしなくていい環境に身を置きやすかったはず。

大学生で就職活動を始めた時、気づくと警視庁の資料を取り寄せていた。一般企業を受け、採用の内定をもらっていたにもかかわらず、警視庁に入った。

崇高な目標があるわけでも、憧れがあったわけでも、なりたいと思ったこともなかったのに。それを言うなら、なりたい職業もないし、やりたい仕事もなかった。なりたい職種ランキングがあるが、あれは本当なのだろうか。心からなりたい職業や、やりたい仕事が皆にあるのだろうか。そうは思えない。働かねばならないのなら、この職業がましかなという程度の選択ではないのか。

とりあえずやってみるか。自分はそんな心持ちで警視庁に入ったというのが、真実に近い。今もその感情を心の隅に持ち続けている。

もしくは無意識に父親を全否定したかったのかもしれない。必要以上のことをしなくても、警官の仕事はまっとうできると証明したかったのかもしれない。

だから佐良の行動を前に、何とも明言できない気持ちになっているのだろうか。

2

山内の行確を始めて三日が経ち、土曜日になった。山内はいずれも夕方から相勤と歌舞伎町に赴き、聞き込みをした。成果があったかどうかは定かでない。今のところ、山内の行動に不審点はない。

山内は今日非番だ。一分一秒を争う捜査ではないのだろう。毛利は佐良とともに山内の自宅マンションを張り込む車内で夜を明かした。膝や腰など節々が痛む。二十代前半の頃は気にも留めなかった痛みだ。日中は暖かいとはいえ五月も夜は冷え、手足の先が氷のようになっている。佐良が運転席に、毛利は助手席にいた。

腕時計を見た。午前七時過ぎ。マンションには朝陽があたり、小鳥がどこかで鳴いている。

「休日ともなれば、家族でどこかに出かけるんですかね」

「どうかな。マルタイの娘さんは中学生だろ。なかなか難しい年頃だ」

「佐良さんは家族で出かけた記憶はありますか」

「たまに近所のファミレスに行った程度だよ。オヤジは普通の会社員だったけど、忙しくてな。昭和、平成初期なんてどの家庭もそんなもんだった」

土曜でも出勤するスーツ姿の会社員がマンションから出てきた。山内ではない。続いてセーラー服姿の女子高生も出てきた。土曜だろうと、日曜祝日だろうと世の中は動いている。

「佐良さんはどうして警官になったんですか」

「毛利も他人の人生に興味があるんだな」

「人並み程度には」

佐良が不意に頬を緩めた。

「どうしたんです？」

「昔、斎藤《さいとう》とも同じ会話をしたなって」

「斎藤さんって、皆口さんの婚約者だった？」

「ああ。腹の底を見せない一面は誰かさんと似ている」

「能馬さんですか」

「あの人もだったな」

「腹の底を見せている人の方が少ないでしょう。我々は懐っこい犬や猫じゃないんです」

笑顔の仮面をかぶっていると見抜かれているらしい。佐良は能馬の温情を感じているはずだ。他人の仮面に思うところがあるのだろう。見抜かれていようが、いまいが、自分の振るまい方が変わるわけではない。変えようとも思わない。変える必要もない。

いる。
「現実を述べたまでですよ」
佐良がルームミラーに目をやった。毛利も視線を追うと、コンビニの袋をさげた皆口が映って
「言うじゃないか」

後部座席のドアが開き、皆口が入ってきた。

「朝ご飯、買ってきました。どうぞ」

佐良が昆布のおにぎりを、毛利が紅鮭のおにぎりを受け取った。皆口の登場で先ほどの質問が流れていくのを感じた。構わない。絶対に返答を聞かねばならない質問でもない。

「毛利君、今日はおごってあげる」

「どういう風の吹き回しですか」

「張り番の駄賃」

「安いお駄賃ですね。でも喜んでごちそうになります」

「こうやってゆっくり朝ご飯を食べられるんなら、マルタイに動きはないんだね」

「ええ、まったく。穏やかな一夜でした。午前二時半頃に歌舞伎町から戻ってきて、今頃はまだ夢の中でしょう」

「眠れる時は眠っておけばいいさ」と佐良がおにぎりに海苔を巻きながら言った。

一時間、二時間と過ぎていった。三人は無言で時間をやり過ごしていく。

十時、マンションから山内が出てきた。薄手のマウンテンパーカーを羽織り、ジーンズにスニ

ーカーというカジュアルな私服だ。家族はいない。鞄を肩にかけており、その辺のコンビニに行くという様子ではない。一人で出かけるらしい。

毛利は素早くイアホンを装着し、スマホを操作して通話状態にした。

「二人とも頼む」

佐良もイアホンをつけている。

山内は駅の方向に歩いていき、毛利は皆口とともに車を出た。

一定の距離を置き、後を追った。山内は市川駅で総武《そうぶ》線に乗り、秋葉原《あきはばら》で京浜東北《けいひんとうほく》線に乗り換えた。毛利も皆口も山内とは別の車両に乗り、行確を続けていく。耳には皆口が佐良に逐一報告する声が流れていた。佐良はまだかなり遅れている。計算のうちだ。どうしたって車より電車移動の方が速い。

毛利は隣の車両から山内を見た。スマホに目を落としたり、文庫本を読んだりする様子もなく、シートに腰掛け、前方を眺めている。日々の業務で疲れも溜まっているだろうに、目を瞑《つぶ》る素振りもない。ぼんやり思案を巡らせているのだろう。

山内は西川口《にしかわぐち》駅で下車した。スマホに目を落とした後、駅前を歩きだした。山内は大通り沿いのバス停に並んだ。

「俺が乗ります」

毛利は小声でイアホン通話した。

「お願い」

「まだそっちに合流できそうもない」佐良の声が続いて流れてくる。「皆口はレンタカーを借りて、バスを追ってくれ」

「了解」

幸い、山内との間に三人を置き、バス停に並べた。十五分後、路線バスがやってきた。山内は出入り口付近に座り、毛利は後部座席に座った。皆口はすでにレンタカーを借り、待機している。五つ先のバス停で山内が下り、毛利も数秒おいて下りた。山内はバスが進んできた方向に戻る恰好で歩いている。毛利はまず逆向きに歩き出した。

「皆口さん、バスは現認できてますよね」

「大丈夫。マルタイが歩いているのも見える。路肩に止めるよ」

「少しの間、視線でマルタイを追ってください」

三十秒後、毛利は向きを変え、山内を追った。薄手のウインドブレーカーを裏返しにし、羽織った。こういう時のためにリバーシブルを用意している。皆口の乗るレンタカーも見える。紺色のありふれた乗用車だ。山内がその隣を過ぎていった。運転席の皆口はルームミラーで山内を追っているのだろう。

毛利と山内との距離は三十メートルはある。ちょうどいい。見通しのいい県道沿いなので見失う恐れはない。

山内は自動車整備工場に入っていった。毛利はその前を通り過ぎた後、少し先の路上でスマホを見るふりをしながら立ち止まった。

「皆口さん、逆サイドにUターンして車を止められませんか。マルタイは自動車整備工場に入りました」

「オーケー。任せて」

毛利はさりげなく自動車整備工場の出入り口を見張った。年季の入った整備工場だ。とはいえ、車検に出すにしても修理するにしても、都内にも千葉県内にも整備工場はある。わざわざここに来る必要はあるまい。

念のために自動車整備工場の名前を検索した。特殊技術があったり、特定車種専門だったりするわけではない。全国にごくありふれた、個人が営む整備工場だった。

車が一台、整備工場から出てきた。ベージュ色の古い軽自動車だ。毛利は思わず瞬《まばた》きを止めた。運転席に山内がいる。ウインカーは右。交通量が多い大通り沿いなので、なかなか出られそうもない。

「いま出ていく車をマルタイが運転してます」

「了解。追尾する」

毛利は早足で動き出した。山内が向かう西側、少し先に横断歩道がある。間に合えば、皆口と合流できる。

怪しまれないよう、山内の目を引かぬよう、歩みを進め、ちょうど信号が青になった横断歩道を渡った。横目で山内の車を確認する。よかった……。まだ整備工場から出られていない。

さらに足の動きを速めた。他の課では決して味わえない緊張感だ。交番勤務ではもちろん、所轄の警備課、サイバー犯罪対策課で容疑者を尾行したり、張り込んだりした際もこんな緊張感は感じられなかった。楽しんでいる自分もいる。誰かの人生を左右する仕事では不謹慎かもしれないが、湧き上がる感情はどうしようもない。これがやり甲斐？　いや、また別次元の話だ。

毛利は皆口の運転するレンタカーの助手席に滑り込んだ。

「いらっしゃい。間に合ったね」

「なんとか」

山内の車が横を走り抜けていった。数台間を置き、皆口が発車させた。

「マルタイ、自家用車は所有してなかったよね」

「ええ、周辺捜査では出てきませんでした」

高級外車を乗り回して借金を重ね、不祥事を起こす警官もおり、マルタイの金回りを洗うのは必須だ。能馬から事前監察を指示された当日、佐良と手分けして借金の有無などを含めて洗っていた。

「あの車はなんだろ」

「あとでナンバーを控えましょう」

「そうだね。待ってる間、よく見えなかったから」

山内の車は西に進み、今度は荒川《あらかわ》を越えて南下し、再度西に向かった。途中で国道二五四号――川越街道に入り、さらに西に行く。古くからの大きな街道沿いとあって郊外型のファミリーレストランや中古車販売場などが並んでいる。

陸上自衛隊朝霞《あさか》駐屯地を過ぎ、しばらく行くと、大型のホームセンターに山内の車が入っていった。かなり広い駐車場があり、毛利たちも続き、山内とは離れた位置に車を止められた。

「ホームセンターに入りました。店名は――」

皆口が佐良に向け、大きな看板の文字を読み上げた。幸い、店名に地名が入っている。

「了解。いま川口市内を抜けた辺りだ。しばらくそこにいるのなら、追いつけそうだ」

「詳しい住所は後ほど。行確をしないと」

「頼む。店名でこっちも場所を検索して向かう」

山内が店内に入っていく。

毛利は皆口と分かれ、山内を追った。山内は店の勝手を知っているのか、買い物カートを押し、迷う素振りもなく歩いている。目当ての品があるのだろう。

店内はかなり広い。公立小学校の体育館が丸々二つは入りそうだ。家族連れなどで賑わっている。

木材、土、工具などのエリアを素通りし、山内は日用雑貨のコーナーで粘着テープを、キャンプコーナーで炭を、容器コーナーで一斗缶を買い物カートに入れた。広さと、人出の多さで、すでに二十分近くかかっている。

「燻製《くんせい》でも作るんですかね」

「だとしても千葉県にもホームセンターはあるよ」

イアホン通話で皆口と小声を交わし合った。

山内が会計を済ませ、カートを押して店を出た。皆口と毛利も別々に店を出て、山内が荷物を積んでいる間に車に戻った。

毛利はスマホを操作し、ホームセンターの別店舗が千葉県内にある事実を確かめた。

「マルタイが買った諸々、この店舗にしか売ってない品物ではなさそうですよね」

「だね。マルボウとの接触はないけど、行動としては不可解」

山内が買い物カートを店に返し、軽自動車に乗り込んだ。皆口もエンジンをかけ、後を追った。

山内は十分ほど走り、街道沿いにあるチェーンのラーメン店に入った。遅い昼食だ。店の専用駐車場は先ほどのホームセンターほどではないが、都内に比べれば相当広い。安心して止められる。皆口がその旨を佐良に報告した。

「了解。追いつけそうだ。途中、コンビニで餌を調達して合流する。リクエストは？」

「ブリトーをお願いします。ハムとチーズのやつです。あと何か甘いものを。飴でも何でもいいので」

「オーケー。毛利は？」

「紅鮭のおにぎりを三つお願いします」

「ほんとに紅鮭のおにぎりが好きだな」

「そうですね。片手で食べられますし」

好きという基準で食べているわけではないが、説明は面倒だ。

約二十分後、駐車場に覆面車が入ってきた。佐良はビニール袋を手に提げてさりげなく近寄ってくると、後部座席に素早く乗り込んできた。

「リクエスト通りに買ってきたぞ」

毛利がビニール袋を受け取り、皆口の分を取り出して、渡した。

「マルタイの様子はどうだ？」

「妙といえば妙です」皆口が言った。「整備工場から車で出てきたのも、わざわざ埼玉のホームセンターで色々買い込んだのも」

「他にも車に何か積んでるのかもな。キャンプ道具とか。このまま西に行けば、多摩湖《たまこ》だよな。キャンプ地とは言えないけど、周りのどこかでできないこともない」

「キャンプなら食糧も買うはずですよ」と毛利が指摘した。

佐良が腕を組んだ。

「マルタイの行動はマルボウと関係あるんだろうか。あるいは能馬さんが密告から嗅ぎ取った何かと」

「能馬さんが最初からその何かを説明してくれれば楽なんですけどね」と毛利はおにぎりの包装を外した。

「先入観を排したいんだよ。そろそろ戻る。俺はこの車の後に続く。練馬ナンバーだと埼玉じゃ目立つからな」

佐良が後部座席から出ていった。

「そういえば、佐良さんが焼きそばを作るって話はどうなったんでしょう」

「忘れてんじゃない？　私も催促してないし」

「皆口さんは今度いつカレーを作ってくれるんですか」

「張り込みの監視部屋ができたらかな」

「須賀《すが》さんも皆口さんのカレーを楽しみにしてましたよ」

「そういや最近姿を見てないね。色々忙しいんだろうけど」

須賀も互助会の全容解明にかかわり、右手首から先を失った。義手をはめ、一ヵ月後には自由自在に動かせるほどになっていた。

須賀には元々〝長袖の須賀〟というあだ名があり、真夏でも長袖を着ていた。公安部時代、ともに潜入捜査にあたった捜査員を助けるため、ビルで次々と火を放って相手を混乱させ、大火傷《やけど》を負った。夏でも長袖を着るのは傷痕《きずあと》を隠すためで、この怪我のために公安から監察に異動になった。目立つ傷跡は公安捜査員にとって致命的で、能馬が引っ張ったという。須賀は四十代半ばにしてすでに十年以上も監察に籍を置き、首を狩った警官の数は歴代の課員でもトップクラスだ。

「須賀さんってさ、よく見るとイケオジだよね」

「皆口さん……センス……いや……目が悪くなったのでは」

「私にも須賀さんにも失礼だよ」

「かっこいいとは思いますが、イケオジとは別のかっこよさと言いますか……」

「あの人、意外とおしゃれだよ。絶対に何かこだわりがあるはず。自慢じゃないけど、私の見る目は確かだから」

「じゃあ――」

毛利は言葉を呑み込んだ。元婚約者もそうだったんですか。そんな疑問が口から出かけたのだ。皆口が負った心の傷の深さを思えば、安易に踏み込むべきではない。

「そう、元婚約者の斎藤さんもそうだった。自分がこだわるだけじゃなくて、佐良さんにはマッキントッシュのコートを買わせてた」

「そうですか」

「毛利君、案外優しいね。気を遣ってくれてありがとう」

「案外というのは心外ですけどね」

皆口が微笑んだ。

「お察しの通り、心の傷は深いよ。でも、傷は傷。引きずられたくないし、足をとられたくもない。いつまでも立ち止まったままでいたら、それこそ元婚約者に失礼でしょ。私は生きている限り、私の人生を歩んでいきたい」

「強いですね」

「みんなのおかげだよ。佐良さん、須賀さん、能馬さん、毛利君のね。みんながいなければ、私は元婚約者がどうして死んだのか、真相を知らずにいた」

「そう思えるのも強い証拠です」

皆口が力こぶを作った。

「任せて」

視界に動きがあり、ラーメン店から山内が出てきた。

「二人ともよろしく」

佐良の声がイアホンに流れた。

山内は車を出すと、さらに北西に進み、国道四六三号に入った。所沢市《ところざわ》に至ると、緑が多く見られるようになり、窓越しでも空気に潜む繁華街特有の棘《とげ》が消えているのを感じる。午後二時前とあって、真夏を思わせるような強い陽射しが注いでいる。

車は緑地帯に進んでいき、交通量が減り、距離を置いての追尾にならざるをえなくなった。相手も警官だ。長時間同じ方向に進む車をルームミラーで現認すれば、用心して行動を変えてしまう。

西武園ゆうえんちやベルーナドームのある一帯を過ぎ、多摩湖沿いの細い側道に山内の車は入っていった。側道は舗装されておらず、両脇には背の高い樹木が生えている。昔ながらの武蔵野丘陵地の茂みとでも言えばいいのだろうか。

こちらは側道の手前で車を止めた。

「皆口、どこまで追えそうだ」

「何とも言えません。カーナビではこの先、行き止まりになっています。マルタイが引き返してくれば、お見合いする形になります」

「俺が車を下りて、様子を見てきましょう」と毛利は割って入った。

頼む、とイアホンに佐良の声が流れてきた。皆口が車を静かに止め、毛利はドアに手をかけた。

外に出ると、かなり涼しかった。鳥の声があちこちから聞こえる。普段耳にする鳥の声といえばカラスやスズメくらいだ。ここでは様々な鳥の声がする。獣の気配もある。エンジン音は遠くから聞こえた。車で通るような道ではないのに。

足元の枝を踏みしめ、毛利は軽い上り坂を進んでいった。頭上を常緑樹が覆い、地面を斑模様《まだら》の弱い陽射しが照らしている。森林の匂いがする。久しく嗅いでいなかった匂いだ。新人時代に一度、神奈川の山奥に埋められた男性の遺体掘り起こしに駆り出された。あれ以来だ。警官となると、森林にまつわる思い出も血腥《ちなまぐさ》くなってしまう。

落ち葉や枝で轍《わだち》はできていない。エンジン音も聞こえなくなった。行き止まりの箇所で立ち往生している？　目的地を誤った？　バックで戻ってくる？

相変わらず数々の鳥の声が聞こえている。

三十メートルほど先に少し開けたスペースがあった。多摩湖を見下ろす穴場というか、間近に見られる空き地と言えばいいのか。公的に用意された場所ではなさそうだ。足元には雑草だけでなく、剝き出しの黒い土に小石も転がっている。多摩湖の水面は波紋一つなく、穏やかだった。

山内の軽自動車が止まっていた。大きな木の下に止められており、薄暗く、車内はよく見えないが、本人はまだ中にいるようだ。簡単にUターンできるスペースがあるので、本当にここに用があったのかもしれない。

「マルタイの車を現認しました。本人は車内にいる模様」

「しばらくそこで待機してくれ」

「了解です」

休日に何をしようと、犯罪でない限りは個人の自由だが……。マルボウの影は見えてこないものの、解せない行動だ。

自然を味わうためだとしても、わざわざこの場所を選ばなくていい。千葉県でも房総まで行けば、自然豊かな場所はある。

周りにひとけがないのだ。いつも以上に注意して、気配を完全に消さないと。夏でなくて良かった。蚊の大群に襲われるところだった。

十五分ほどが経ち、山内が車を下りてきた。鞄を肩にかけ、こちらに歩いてくる。毛利は茂みの奥に身を潜めた。驚いたのか、何匹もの小さな虫が抗議するように毛利の周囲を飛んでいる。

「マルタイが出てきました。そちらに向かう模様」

「了解」

佐良と皆口の声が揃った。

山内が毛利のいる位置を過ぎ、佐良たちがいる方に進んでいく。

「車を確認しますか」

「まずはマルタイに注意してこっちにきてくれ。また車の方に戻るかもしれない」

「了解です」

そっと足を動かし、側道に戻った。もう山内の姿は見えない。かなり距離を置いた方がいい。落ち葉などを踏む音を聞き取られた時、小動物の仕業と勘違いしてくれるとは限らない。

視線の先で、山内が側道から舗装された道路に出た。来た道を歩いて戻っていく。皆口の車も佐良の車も視界にはない。どこかに隠れているのだろう。毛利は小声で山内の行動をイアホンマイクに伝えた。

「了解。まったく車が来ない道だから俺も皆口も近づけそうにない。各自しかるべき場所の車内で待機してる。しばらく毛利は徒歩で行確してくれ」

「頑張ります」

毛利はかなりの距離を置き、木の幹の陰に体を隠しながら山内を追った。午後四時を過ぎ、陽射しはあるのに空気がかなり冷たくなってきた。森林帯の特徴なのだろう。緑地帯を過ぎ、県道に出た。まだ車は一台も通らない。

寺や不動尊のある一帯を抜けると、ようやくわずかながらも車の交通量が戻ってきた。ベルーナドームも見える。

「マルタイと毛利君を現認」と皆口の声がした。

「俺はそっちに向かっている」

佐良が言った。西側で張っていたのだろう。車を隠す際、山内がどちらに向かうかはわからなかった。

「マルタイが駅に入っていきます」

西武鉄道の西武球場前駅だ。今日はプロ野球の試合がないとあって、人出はまばらだ。ひとけのない巨大な球場はもの寂しさを周囲に放っている。

「毛利はそのまま追ってくれ」

「お二人は？」

「皆口も駅に向かえるか？　レンタカーはどこかに置いていこう。能馬さんに連絡して、後処理はしてもらっておく」

「オーケーです。駅に向かいます」

駅のホームの人影はまばらで、毛利は山内の死角に身を置き続けた。やがて電車がホームに入ってきた。降車客はほとんどいなかった。折り返し池袋《いけぶくろ》行きになるらしい。山内はその池袋行きの電車に乗った。毛利は隣の車両に、皆口は山内を挟んで向こう側の車両に乗った。

五分後、電車が発車した。乗客はほとんどいない。毛利は視界の隅に山内を置いた。山内は発車直後から終点の池袋まで眠り続けた。

山手線で秋葉原に出て、総武線に乗り換え、山内はどこにも立ち寄らずに市川市の自宅マンションに戻った。

佐良は毛利たちの到着から二時間後、車で市川まで戻ってきた。その間、毛利と皆口はマンションの出入りを見渡せる位置に身を潜めた。車に乗り込むと、運転席の佐良がハンドルを指で叩いた。

「レンタカーの後処理は能馬さんがやってくれたそうだ」

「マルタイが軽自動車を放置したままなら不法投棄になりますよね。あの土地が国有地にしろ私有地にしろ」

皆口が言った。

「土地や車の持ち主に頼まれて運んだ線もないわけじゃないが、かなり薄い線だな。不法投棄するなら、もっと他に場所はあるだろ。中古車として海外に売る手もある」

「能馬さんが手配した方々はあの車を調べたんですかね」

「ノータッチだそうだ。何かを察し、山内が動きを変えないために」

妥当な判断か。

八時を過ぎていた。マンションの各部屋、カーテンの隙間から灯りが漏れている。家庭ごとに楽しい夕食の光景があるのだろう。山内の部屋の電気もついている。家族でどこかに食事に出かけるのなら、とっくに家を出ている時間帯だ。山内も自宅で夕食を摂っていると推測していい。

「今夜は私が張り込みますよ、佐良さんはご自宅に戻って体を休ませてください。毛利君は付き合ってね」

「もう一人、人員がほしいですね」

「人手不足はどの業界も一緒だよ」

「皆口も毛利も悪いな。お言葉に甘えさせてもらうとしよう。でもまだ夜も早い。終電ぎりぎりまでは粘るよ。いまのうちに二人で飯を食ってこい。駅前に行けば、色々と店もあるだろ。何かあれば連絡する」

「私も佐良さんの態度を参考にして、お言葉に甘えさせてもらいます。毛利君、さっと済ませてこよう」

毛利は皆口と車を出た。

駅前の蕎麦店に入り、皆口は天ぷら定食を、毛利はカツ丼セットを頼んだ。

「佐良さん、やけに素直になっちゃったね。やっぱり体がきついんだね。互助会の一件があった後、ずっと本調子じゃなさそうだから」

「無理もないですよ。仕事は山のようにありますし」

「私の元婚約者は異例だとしても、警官って長生きできない職種だよね。退官後、数年で亡くなる先輩も多いし」

父親も異例な方か。警視庁内での自殺者も少なくないが、頻発するわけではない。病気や事故で亡くなる方が圧倒的に多い。

「互助会の時と比べれば、何も起きていないに等しいですね。誰も殺されていませんし、誰も襲われていません」

「これが普通の監察業務でしょ。あれは異常だったんだよ。でも、能馬さんが引っかかっている何かが大きな不祥事に結びつくとすれば、もうそれは起きてるんだよね。何も起きてないわけじゃない」

皆口の口調は重たかった。

3

三崎は新宿の大ガードに近いファミレスで美雪と落ち合っていた。土曜とあって、店内はかなり混んでいる。

歌舞伎町で出会った日から毎晩連絡を取りあった。三崎はＳＮＳとは距離を置いて生きてきたのに、彼女からの連絡が待ち遠しくてたまらず、一分おきにスマホをいじる時もあった。初めての経験で、ＳＮＳ中毒とは別の意味でスマホ中毒になりそうだった。

昨晩、美雪の提案で午後四時にこの場で会おうという話になった。

美雪は前回と違い、少し化粧をしている。自分に会うためだとすれば、かなり嬉しい。化粧のために会う約束をこの時間に設定したのかもしれない。化粧なんて慣れてないだろうから、何度もやり直せるように。午前中は学校だったけど、三崎は来ようと思えば二時には新宿にいられたのだ。

「〈あれ〉、持ってきた？」と美雪が身を乗り出した。

「持ってきたよ」

やり取りする中で、少女に押しつけられた薬を〈あれ〉と呼ぶようにした。ＳＮＳやネットを検索して〈あれ〉の正体を探ってみたものの、オーバードーズ用の薬は暗号めいた隠語で飛び交っているだけで、はっきりとした答えはなかった。

「本当に売ってみない?」美雪が声を潜めた。「押しつけられたんだから、一ヵ月後まで持っておくって約束を果たす義理はないでしょ。前も言った通り、資金ができれば、こういう時の支払いも楽になるし」

これからも会おうと考えてくれているらしい。三崎は一瞬で頬が熱くなった。確かに押しつけられたものを馬鹿正直に持っておく義理はない。前回会って以来、三崎も〈あれ〉を捨てるよりは、有効活用できるならそっちの方がいいとは思っていた。〈あれ〉がやばい薬だとしても。美雪と出会う前なら、こんな危ない選択肢は頭をよぎりもしなかっただろう。

「今から歌舞伎町に行って?」

「そ。補導するお巡りさんには気をつけないといけないけど、どっちかが周りを注意してれば何とかなるよ」

「なるほど、そうだね」

「善は急げ。明るいうちなら危険も減るもん」

美雪は姿勢を戻し、ストローを咥《くわ》え、オレンジジュースを飲み干した。

歌舞伎町は本当に好きになれない街だ。外国人観光客が物珍しそうに歩き、もう酒のニオイがする。見るからにホストやキャバ嬢らしき人たちが早足で歩いていき、会社員といった雰囲気の大人や観光客も多い。

新宿東宝ビル界隈には今日もトー横キッズたちが大勢いた。あちこちでたむろし、笑い声をあげたり、喋ったり、飲み食いしたり、化粧をしあったりしている。

「誰に声をかけよっか」

　美雪が言い、三崎は辺りを見回した。

「もうパキってる人に声をかけても意味ないよね」

「だね、パキりたそうな人がベスト。どうやって見分ければいいのかは謎だけど」

　少し先に小さなドラッグストアがあった。賑やかな通りには様々な店がある。これだけ人出が多ければ、ドラッグストアも繁盛するのだろう。

「あそこに入っていった連中ならどう？　多分買えないはずだよ。ドラッグストアの人も使い途はわかってるだろうし、厳しく売る相手を見極めてるって話だから」

「三崎君、目の付け所がいいね。そうしよう」

　二人で少し移動し、ドラッグストアの出入り口が見やすい場所に立った。周りの大人たちはこちらに見向きもしない。アジア系の旅行客がひっきりなしにドラッグストアを出入りするものの、三崎たちと同世代の連中は現れない。

　少し先に薄暗い路地があった。誰も出入りしていない。三崎は美雪以外には気づかれないように指さした。

「あの路地で売ろう。あそこは死んだ道だから」

　指さした方に美雪の視線が向いた。

「死んだ道かあ、ぴったりの表現だね。三崎君って国語得意？」

「本は好きなんだ。暇つぶしにちょうどいいから」

「へえ。わたし全然読まない。どんな本を読むの？　教えてよ。今度読んでみる」

「海外のやつ。不思議な表現がいっぱいあって面白いよ」

ファンタジーやSFを中心に読みふけっている。

「なんか難しそー」

「そうでもないよ。あの死んだ道ならライブカメラにも絶対に映んないね」

歌舞伎町には何ヵ所かライブカメラが設置されている。防犯カメラは無数にあるのだろう。リアルタイムで全部を誰かがチェックしてるわけじゃないだろうけど、なるべく防犯カメラがなさそうな通りで、手早く売買した方がいい。

「だね。三崎君、さすが。それはそうと、歌舞伎町って空気が汚いよね。色んなくさいニオイもするし」

「これだけの人数の中学生が空気のいい場所に集まってたら、それってただの遠足みたいだよね」

美雪がくすりと笑った。

「言えてる。三崎君って冗談も言うんだ」

「たまにはね」

「学校では人気者？」

「まさか。だったらそもそもここに来てないよ」

「だよね。でも、そのおかげでわたしたちは会えたんだよね。三崎君は一人でこんな場所に来て、親に叱られないの？」

「一人じゃないよ」

三崎は拳を握り締めた。美雪にパーカーの裾を軽く摑まれた。美雪の体温がそこから伝わってくるようだった。

ＳＮＳのやり取りでも、これまで互いの家庭環境には踏み込んでいなかった。

「わたし、家も嫌い」

「おれもだよ」

＊

三崎の父親は新橋《しんばし》にある小さな電機メーカーに勤め、母親は大宮区内のスナックでアルバイトをしている。大分県の同じ高校で同級生として出会い、父親は就職のため、母親は専門学校に通うために東京に出てきたそうだ。いつ、どうやって付き合うようになり、結婚に至ったのかは知らない。

――パパの稼ぎが悪いから、ママも働く。

母親がそう言ったのは、三崎が小学校二年生の頃だった。それまで母親は昼も夜もソファーでごろごろし、食事は宅配ピザやリンゴを丸かじりするといった調子だった。三崎は母親が食べ残したものを口に入れていた。家事をする姿を見た記憶はない。家は散らかり放題だ。掃除はしなくても生きていけるけど、三崎は両親の分を含め、洗濯をした。着るものがないと外にも行けない。一人っ子でよかった。弟や妹がいたら、その分まで食べ物や服のことを考えないといけなかった。ネグレクト――育児放棄と呼ぶらしい。小学生の自分にはそんな知識はなかった。ただ黙々と自分にできる作業をした。

父親も大宮のアパートには寝に帰ってくるだけで、家事は何もしなかった。シャツやスーツのクリーニングなどは自分で出している様子だった。

母親は働き出すと、朝、起きなくなった。三崎が学校から帰ってきた頃、入れ替わるようにスナックに出かけていった。父親は相変わらず夜に戻ってくるだけだった。二人が帰宅しない日も徐々に増えていった。

二人ともあまり家に寄りつかない日常が続いている。お互い外に恋人がいるらしい。さっさと離婚すればいいのにと思うが、きっと自分をどちらが引き取るかで揉めるのが嫌なのだろう。あるいは、どちらも何人もの恋人とくっついたり離れたりしているようなので、特定の誰かと一緒にいられる性格でもないのだろう。互いに好きなように振るまえる相手と、一応結婚状態でいる方がいいのかもしれない。

両親が三崎を可愛く思っていないように、三崎も両親と一緒にいたいとは一秒たりとも思わない。もうこの状態が日常だ。

苦しくも辛くもない。子どものうちはどうにもならない。今はただ自分で部屋を借りられる日がくるまで、毎日を受け入れるだけだ。

傍から見ているだけの大人は、どうして誰かに助けを求めないのかと偉そうに言うのだろう。

じゃあ、教えてくれ。

あんたが中二の頃、まったく同じ立場に置かれたら何ができた？　市役所？　警察？　児童相談所？　一人で相談に行けたか？　一人で解決しようと動けたか？　他にも調べれば、色んな手はあるのかもしれない。だけどさ、受け入れる以外、何ができるんだよ。だいたい、困っている人から助けを求めないと動けない連中なんか頼るに値しないし、信用できないじゃないか。

数年に一度、祖父母が大分からやってくる時だけは両親はとても愛想良く、仲睦まじい演技をしている。三崎も普段の暮らしには一言も触れずに、家族ごっこに付き合っている。祖父母が帰った後、両親から臨時収入があるからだ。三万ずつ。口止め料なのだろう。

両親は毎月それぞれ小遣いをくれる。一ヵ月に一万円ずつ、計二万円。額だけをみれば同級生と比べてかなりもらっているけど、食費をやりくりしないといけないので、何も買えない。本も買えない。そのため図書館に通っている。閉館まで時間潰しをする大人が結構いて、その数は毎月増えている気がする。

両親がどこで何を食べているのかは知らない。三崎は最近、朝も夜も冷凍食品やコンビニで買ったパンを食べている。給食は栄養の生命線と言っていい。近所に子ども食堂ができたが、行っていない。メンツを潰されたと両親が怒り、小遣いをもらえなくなれば飢え死にしかねない。子ども食堂だって、三食面倒を看てくれるわけじゃない。

――誰かと違って、勉強はできるんだな。

父親は学期末に必ず通知表を確認し、にやけている。

両親が進学費用を出してくれなくても、このまま勉強さえしていれば、そこそこの高校には通えるだろう。埼玉県では世帯収入額によって、高校の授業料が実質無償化になる。

大学まで進めるのかはわからない。大学無償化までは国も県も踏み込んでいない。奨学金という手もあるけれど、返済はとにかく厳しく、社会人になった後の生活がままならなくなる例が多いらしい。

両親はいま、三崎が歌舞伎町にいる現実を知らない。中学二年生の息子が年齢不相応な街にいるのを知らない。

たとえ今日死んだとしても、二人がそう気づくのは一週間後、下手をすれば十日後といったところだろう。

*

「やってらんないよね」

美雪が吐き捨てるように言った。

「ほんとだね」

「やりたいこともないし」

「ほんとだね」

「未来に希望もないし」

「ほんとだね」

「さっきっから『ほんとだね』ばっかりだね」

「ほんとだね」三崎は微笑んだ。「だって本当だからさ」

毎日同じ大人が図書館で暇潰ししている姿を見ていると、未来に希望を持てるはずもない。たまに見かける程度なら何も思わない。毎日同じ大人が図書館にいるのは、よっぽどの資産家なのか働く場所がなくてお金がないかのどちらかだ。三崎が住む地域に資産家なんていない。そんな裕福な地域ではない。きっと図書館で毎日見る大人も本を買う金すらなく、未来に希望を持てていないのだろう。誰がこんな国にしたのだろう。こんな国に生まれたくなかった。

「ねえ、そろそろ三崎君の下の名前を教えてよ」

「嫌いなんだよね」

「親がつけたから？」

「誰がつけても嫌いになる名前だと思うよ」

「わたし、すっごい知りたい。下の名前で男の子を呼んでみたい」

呼吸するように嘘をつけたら楽なのに。適当な名前を、例えば若手男性アイドルの名前でも言っておけばいいのだ。自分はそんな性格ではないし、美雪に嘘をつきたくもない。

「下の名前で呼ばないんなら、教えてもいいよ」

「えー」

美雪は頬を膨らませた。

「そんなかわいい顔をしても駄目なものはダメ」

「え……うそ……わたし、かわいいの？」

三崎は心臓が高鳴った。まずい、余計な一言だった。しかしここで否定するのも妙だし、やっぱり嘘をつきたくない。

三崎は気づかれぬよう深く息を吸い、首筋に力を入れた。

「そ、かわいいよ」

なるべく素っ気なく聞こえるように言った。顔が赤くなっただろうが、ご愛敬《あいきょう》だ。目を逸《そ》らせずに美雪の顔を見ていると、歌舞伎町の喧噪《けんそう》が遠く近くに聞こえた。

突然、美雪の二つの瞳にみるみる涙が溜まっていった。三崎は慌てて手を動かすものの、何がどうなっているのかわからない。

「え、なに、どうしたの」

声が裏返った。

美雪がにっこりと笑い、細い指の背で涙を拭った。

「かわいいなんて言われたの、生まれて初めてだったから。親にも同級生にも、誰からも言われたことなかったから」

そうか、そうだよな。美雪も独りで生きてきたのだ。自分と一緒だ。独りで生きてきたからこそ、いまここにいる——。

三崎は美雪の手をとり、強く握った。柔らかい手だった。

「今から何度でもおれが言うよ、かわいいって」

「ありがとう」

「星が輝くと書いて、『すたあ』。それが下の名前」

美雪が目を見開いた。

「かなりだね」

「かなりでしょ」

勘弁してほしい。キラキラネームというやつだ。世の中にはスターという名前がふさわしい人もいるんだろうけど、自分にはまったく合っていない。

「そっちもやばい両親なの」

「親って言うか……」美雪は首を振った。「やっぱ、家の話はしたくない。とにかく早く家を出たいってだけ。三崎君の名前の話をしよう」

よほど実家が嫌いなのだろう。

「あ……、うん」

「嫌がるのも理解できる。でも、星が輝くって字の並びは素敵だよ。『せいき』って呼ぶのはどう？　周りはみんな三崎君って呼んでるんでしょ。わたしはわたしだけの呼び方をしたいな」

また心臓が高鳴った。この短時間でこう何度も心臓がどきどきする経験をするなんて。

「じゃあ、星が輝くの『せいき』で」

「星輝、わたしかわいい？」

「かわいい」

「まるでバカップルだね」

二人で笑い合った。急に周りの空気が緩くなり、歌舞伎町が二人に心を開いたようにも思える。不思議なものだ。結局、自分の心持ち一つでどんな場所も気持ちよく過ごせるようになるらしい。

言葉を交わさずにくすくす笑いあっていると、視線の先にあるドラッグストアにトー横キッズらしき、自分たちと同世代の少女二人が入っていった。

美雪が三崎のパーカーの袖を引っ張った。

「いけそうじゃない？」

「一シート売るつもり？」

「相手は二人だし、まず二錠でどう？　一錠六千円で」

「いい線じゃん。出てくんのを待とう」

話しながらも、まだ鼓動が速いのを感じていた。美雪に対する感情だけでなく、錠剤を売ろうとする状況に緊張しているらしい。

「ドラッグストアを見ておいて。シートから二つを折って外しとくから」

三崎は言い、リュックサックを下ろして手を突っ込んだ。

五分後、ドラッグストアから少女二人が出てきた。がっかりしている雰囲気だ。予想通り、薬を買えなかったのだろう。

「行こ」

美雪に手を引っ張られ、三崎は少女たちのもとに向かった。

スーツ姿の大人や観光客でにぎわう歌舞伎町の雑踏をすり抜けていき、ねえ、と美雪が少女たちに声をかけた。

「なに？」

白いウサギの帽子をかぶった右側が言った。左側もこちらを見た。緑色のカエルの帽子をかぶっている。

「買えなかった？」

美雪はフランクに問いかけた。

「そ、買えなかった。ケチだよね。別にパキったっていいじゃんね。アンタに何の関係があんのって話だよ」

ウサギの帽子はドラッグストアに向け、舌を出した。

「ちょっとあの路地に行こうよ」

「なんで」とカエルの帽子が言った。

「パキりたいんでしょ？」

ウサギとカエルが目を合わせ、いいよ、と親指を立てた。

路地は薄暗く、嘔吐物のニオイがした。排気ダクトが頭上にいくつもあり、あちこちで油染みが壁を汚している。

「なに持ってんの？」

ウサギの帽子が興味深そうに尋ねてきた。

三崎はリュックサックから二錠の薬を取り出した。

「これ」

「え……、うそ。ミドリじゃん。本物？　まじ？」

カエルの帽子が目を輝かせ、声を弾ませている。ウサギは息を呑んでいる。

どうやらこれはミドリと呼ばれている薬らしい。ＳＮＳでもミドリなんて単語は飛び交っていなかった。新種なのかもしれない。三崎は背筋がぞくりとした。本当に危ない橋を渡っているのだ。

「まじで本物」

美雪は堂々とした口調だった。ミドリの存在をあたかも知っていたかのように振る舞っている。警官から逃げる際に託されたのだから本物なのだろう。美雪の度胸を前に、三崎はさむけが収まっていくのを感じた。

「疑うわけじゃないけどさ、なんで二人が持ってんの？　〝ミドリのお兄ちゃん〟じゃないじゃん」

ミドリのお兄ちゃん？　そういうあだ名の専門の売人がいるのか？

「ごめん。言えない」

美雪はきっぱりと述べた。

「ふうん。まあ、いいや」ウサギの帽子の方が言った。「で、いくら」

「一錠、六千円。だからこれで一万二千円」

美雪が伝えると、ウサギとカエルは同時に口元を手で押さえた。

「からかってる？　安すぎない？」

ウサギが眉根を寄せる。

「だよね」とカエルも頷く。「普通、一つ三万円はするのにさ。偽物なんじゃない？」

どうしよう……。名前を知らなかったくらいなのだから、市場価値をまったく知らなかったのは当然だ。そこを計算していなかった。三崎が喉を詰まらせていると、それはさ、と美雪が会話を継いだ。

「今日は特別。だって可哀想だったから。ドラッグストアで何も買えなかったんでしょ」

なおも堂々とした口調だ。

「ねえ、どうする？」

ウサギとカエルが声を落として話しはじめた。

「買わないなら次の人に三万円で売るだけ。早く決めて」

美雪が素っ気ないほどの調子で突きつける。

ウサギがこちらを向いた。

「オーケー。買う」

二人は財布を取り出して一万二千円を三崎に渡し、三崎はシートから一列を切り離して二つの錠剤を渡した。大人にとってははした金でも、三崎の世代では大金だ。彼女たちはどこでお金を手に入れたのだろう。親の財布から抜いてきたのかもしれない。

「まいどあり」

美雪が声を弾ませた。

取引を済ませると四人で路地を出て、ウサギとカエルは右手側に、美雪と三崎は左手側に進んだ。二人とも何も相談していないのに、早足になっていた。一秒でも早く、さっきの路地から遠ざかりたかった。売人の真似事をしたのだ。ウサギとカエルが補導する警官と接触し、自分たちの存在を話してしまうかもしれない。二人にミドリについてもう少し聞きたいけれど、何も知らないのがばれたら足元を見られてしまう。

歌舞伎町を出て大通りを渡り、ＪＲ新宿駅に向かい、マクドナルドに入った。二人分のコーラとフライドポテトを買い、二階に上がり、隅の席で向き合うと、ようやく肩から力が抜けていった。

「売れたね」と美雪が声を潜め、微笑んだ。

「名前、わかったね。おれたちは〈あれ〉って呼び続けよう。どこかの誰かの耳に入ったら、面倒に巻き込まれそうだ。専門の売人もいるみたいだし」

「そうだね。一錠三万円もするなんて、驚きだったよ」

「ある意味、運が良かったんだよ。最初がウサギとカエルの子たちで。ずる賢い連中なら市場の値段なんて口にしない。それにしても度胸があるね。何を言われても堂々と言い抜けててびっくりした」

「うん、自分でもびっくり」

美雪が目を丸くしている。

「女優になれんじゃない？」

「オーディションを受けてみよっかな」

美雪がコーラにストローを挿し、勢いよく飲んだ。三崎もコーラを一口飲むと、かなり喉が渇いていたのに気づかされた。勢いよくコーラが喉の奥に吸い込まれていき、美雪もどんどん飲んでいる。

「ウサギとカエル、あんな大金を払えるんだね。親の金かな」

三崎は疑問を口にした。

「違うんじゃないかな。多分、売ったお金だよ」

「売った？　何を？」

「自分を」

「……そういうことか」

「うちらの年代、女子も男子も需要があるみたいだしね。やばい国だよね。わたしは無理。気持ち悪すぎ」

美雪は実感を込めるように吐き捨てた。

「絶対にしちゃだめだよ」

三崎は美雪の目を見据えた。美雪も三崎の目を見据えた。

「大丈夫。しない。星輝のためにも」

「おれのためっていうか、自分のために」

「照れちゃって。かわいいね」

「揶揄《からか》うなよ」

「星輝もしちゃだめだよ」

「するわけないさ」

三崎は残りのコーラをストローで一気に飲み、ゴミ箱に捨てるためにカップを手に取り、立ち上がった。

「もう一杯飲まない？　買ってくるよ。あとなんかいる？　ポテトを食べたら、今度はお腹が空いてたって気づくと思うし」

「お金、大丈夫？」

「軍資金を得たばっかじゃん」

「そうだったね。じゃあ、ダブルチーズバーガー」

「オーケー」

三崎はカップをゴミ箱に捨て、階下におりた。先ほどより体がふわふわしている。高揚感が遅れてやってきたらしい。

Mサイズのコーラを二つとダブルチーズバーガーを二つ買い、美雪のもとに戻った。彼女は携帯をいじりつつ、ポテトをつまんでいる。

三崎がトレイを置くと、美雪が口を開いた。

「〈あれ〉、名前で検索してみた。SNSにもネットにも出てない。新種っぽい」

「ウサギとカエルはよく知ってたね。あの二人が知ってるなら、TikTokとかインスタで名前が飛び交ってそうだけど。どうせ通称だろうし」

「Xは？　インスタとかだと画像も要るから、お巡りさんに見つかりやすいんじゃないかな」

「そっか。じゃあ、テレグラムかも。あれなら消えるし」

テレグラムは設定次第でメッセージを消せる。九十歳代のおばあさんの家に押し入り、強盗殺人をした連中が使用していた。悪い連中だけでなく、多くの企業や個人も利用しているはずだ。

美雪が親指を軽快に動かし、スマホを操作している。

「テレグラムの方は見られないからわからないけど、Xには〈アオ〉〈イエロー〉っていうのはあった。〈アオ2　6K〉みたいな感じで」

「アオの売買は歌舞伎町で？」

「わかんない」

「トー横キッズが返信しているかどうかは？」

「わかんない。でも『受け渡しは新宿で』っていう言葉があるのもあった。ダイレクトメッセージでやり取りしてるんだろうね」

色という共通点ならある。アオ2は二錠、6Kは六万円という意味にとれそうだ。そうだとすると……。

「定期的に包装の色を変えて、呼び方もチェンジしてるのかもね。警察が検索する時、少しでも発見を遅らせるようにさ」

「だとしたら、悪知恵が働く奴がいるんだね。そう思いつく星輝もその一人か」

「いいコンビじゃん。美雪は——」

美雪と自然に口に出た自分に驚いた。これまでやり取りしていても、意識的に下の名前では呼んでこなかった。そっちは、などと言ったりメッセージに書いたりして。

美雪がにっこりと微笑んだ。

「ようやく名前で呼んでくれたね。うれしい」

「なんか照れくさくてさ」

「思春期丸出しじゃん」

「絶賛、真っ只中だからね」

美雪がテーブルに身を乗り出してきた。

「〈あれ〉、何錠くらいあったっけ」

三崎も身を乗り出し、顔を美雪に近づけた。

「百錠はある」

「三百万か……」

中学二年生にとってはかなりの大金だ。

「売っていけば、しばらく二人で生きていけるね。住む部屋だってなんとかなるかも」

美雪が声を弾ませた。二人で……？　住む部屋……？

おれと一緒に住むの？

聞いてしまいたい気持ちはあるけど、違うと言われ、勘違いしたと思われるのは嫌だ。確かめるのはお金が貯まってからでもいい。中学を卒業——義務教育が終われば、どこかにアパートを借りられるかもしれない。一緒に美雪と住めるかもしれない。

声が裏返ってしまわないよう、いったんコーラを飲んでから口を開いた。

「そうだね」二人という言葉が耳の奥で響いている。「売る相手は女の子だけにしよう」

「なんで？」

「男は襲いかかってくるかもしれない。こっちはまだ中二だ。高校生になると筋力が違いすぎる。〈あれ〉だけじゃなく、お金も奪われかねないよ」

運動ができない点には触れなかった。嫌われたくない。学校では運動ができる奴が人気者だ。足がどんなに速くたってオリンピックでも目指さない限り、大人になったら何の役にも立たないのに。

「さすが、星輝。その通りだね。わたしだけじゃ気づけなかった」

「こっちもおれだけじゃ売れないよ」

先ほどの美雪のやり取りを見て、自分にはできないと思った。

美雪が微笑んだ。

「星輝、わたしと一緒にサバイバルしようね」

三章　歌舞伎町の男

1

能馬が銀柄のタクトを手に取った。

「感触を教えてくれ」

午前十時、いつもの小さな会議室に集まっていた。正面に能馬がいて、毛利の左隣に皆口が、その左には佐良がいる。

マルタイの山内を行確し、ちょうど今日で一週間になる。今朝の行確でも異変はなかった。

佐良が口を開く。

「現段階ではマルボウとの直接的な接触はありません。ですが、不可解な行動をとっています」

「埼玉まで行き、車を調達し、多摩湖の奥に置いてきた件だな」

「ええ。あの車は放置したままでいいのでしょうか」

「構わない。触るな。以前も説明した通り、余計な真似をしてマルタイの行動が変わるのは避けたい。場所的に、誰かに不法投棄の車だと通報される恐れもないだろう。自動車整備工場を洗った結果は？」

「毛利、頼む」

佐良に促された。一昨日の日中に毛利が単独で出向き、諸々を確認した。むろん、ネットやSNS、闇サイトなどで下調べをしてから向かっている。

＊

「先日、こちらで都内の男性に軽自動車を販売しましたか」

「はい。先方から一週間くらい前に『軽自動車がほしい』と問い合わせがあり、紹介したんです」

四十代半ばで、ひげの濃い工場長——宗岡壮一《むねおかそういち》がぼそぼそと言った。毛利だけ名刺をもらい、整備工場奥の狭い応接室で向き合っていた。室内は油のニオイで満ちている。

「問い合わせは電話で？」

「いえ、メールです」

通信記録にはなかった。家のパソコンか。

「あの車に何か問題でも？　事故を起こしたとか？」

「すみません、捜査中なので何も申し上げられません」毛利はにべもなく答えた。「こちらは自動車整備工場ですよね。実車も販売するのですか」

「ええ、まあ」

「ネットで中古車情報を公表しているのですか」

様々なサイトがあり、中古車売買情報は日々更新されている。

「していません」と宗岡は短く応じた。

「購入者はどうしてこちらに？」

「私にはわかりませんよ。どこかで評判を聞いたんじゃないですか。うちは整備には自信がありますんで」

毛利は意識的に瞬きをするのを止め、宗岡の目を見据えた。

「改造や事故車も扱うそうですね。特に事故車は秘密裏に修理するだけでなく、再組み立てもするとか」

闇サイトで評判だった。かなり腕がよく、口も堅いらしい。宗岡が言葉を詰まらせている。アタリの反応だ。

「私は秘密裏の修理や改造でとやかく言う気はありません。先日販売した車について教えていただければ。あれも事故車ですか」

毛利が問うと、宗岡は観念したように口を開いた。

「いくつかの車から使える部品を合わせ、再組み立てしたものです」

「そういう指定があったのですか」

「ええ……」

「ナンバーも偽造ですよね」

「はい……。そう指定がありました」

注文に対応できるのは、この整備工場では常備しているためだろう。山内に売った車についてある程度調べられていると諦め、素直に認めたのだ。

「購入はキャッシュで？」

「そうです。一括、二十五万円で」

事故車の値段として高いのか安いのか見当がつけられない。銀行口座に直近三ヵ月で二十五万円の引き出しはなかった。タンス預金なのか、警視庁に届け出ていない口座から出金したのか。

「先日売った人は常連ですか」

宗岡は一度口を閉じ、ゆるゆると首を振った。

「初めての方です」

*

毛利は宗岡とのやり取りを能馬に説明した。

「なおマルタイの口座について各都市銀行に照会しましたが、該当はありませんでした。整備工場の口座にも二十五万円は入金されていません。工場の金庫に保管しておき、五十日《ごとおび》に入金するという可能性はあります。月に何度かまとまった額の出入金記録もありました。表か裏の帳簿はつけているでしょう」

「金を介在させず、車を譲渡したとわかれば、深い関係だと判断できる。マルタイが白と断定できるまで整備工場の件は黙認だ。表も裏も帳簿の提出も求めるな」

「心得ています」

佐良が三人を代表して言った。

「マルタイはその後、多摩湖に出向いてないのか」

「はい」とやはり佐良が応じる。「当番日が続いています。日中は主にデスクワークを、夜は歌舞伎町界隈で聞き込みを続けています。捜査は余り進展していないようですね」

刑事畑——捜査一課が長かった佐良なら、肌感で進捗《しんちょく》状況がよくわかるのだろう。

「三人での行確を続けてくれ。マルボウとの接触が確認でき次第、さらに人員を割く」

能馬がタクトを胸ポケットにしまった。

「承知しました。関係者への聞き取りもマルボウとの接触が現認され次第、行います」

「誰に聞き取るべきなのか、ピックアップを進めてくれ」

「私がやっておきます」

皆口が手を上げた。

「結構。後は頼む」

能馬が会議室を出ていった。

「夕方からまた行確に出るとして、日中はどうしますか」

皆口が問いかけ、佐良が腕を組んだ。

「多摩湖の車に触るなという以上、正直手詰まりだな。今後に備え、二時間ごとに仮眠をとろう。疲労は判断力の最大の敵だ」

「佐良さんからどうぞ」

「悪いな。疲れもあるが、斎藤が死んで以来張り詰めていたものが消えた感じなんだ。あいつの仇《かたき》を討つまでは疲れだのなんだの言ってられなかった」

何年も緊張の糸が張り詰めていたわけか。撃たれた傷だけでなく、精神的な疲労の蓄積が佐良を蝕《むしば》んでいるのだろう。

「毛利も俺からでいいのか」

「どうぞ。年長者ファーストです。電車やバスでお年寄りには席を譲るじゃないですか」

「言ってくれるな」

佐良が苦笑した。

「お次は皆口さんです」

「どうもありがとう。レディファーストって解釈しておく。じきにこういう言葉も習慣も消えていくんだろうね。ジェンダーレスの延長線上で」

佐良がけだるそうに首筋を揉み込んだ。

「一応、二人で手分けして公用の通信通話記録をもう一度洗ってくれ」

「了解です」

頼んだぞ、と佐良がドアを開けると、ちょうど廊下を須賀が歩いていた。

「久しぶりだな」

「ご無沙汰してます」

佐良が軽く頭を下げた。須賀の視線が佐良の肩口から皆口、毛利に及んだ。

「いつものメンバーだな。監察中か」

「事前監察です。最近、須賀さんの姿をお見かけしませんでしたね」

「業務があってな」

須賀は多くを語らない。

「私は業務のために英気を養ってきますので、この辺で失礼します」

佐良が廊下を歩いていき、須賀がこちらを見た。

「皆口、佐良は大丈夫なのか？　かなり疲れているようだ」

「互助会の一件以来、体調が戻ってないようです」

「無理もない。体力が一生戻ってこないほどのダメージを体に受けたはずだ。まとめて一ヵ月程度休めばリフレッシュできるだろうが、うちのカイシャではそんな長期休暇は不可能だ。皆口と毛利で支えてやれ」

「はい」皆口が微笑んだ。「須賀さんの口からそんな言葉が出るなんて意外でした」

「一応、人間の心を持っているつもりだ」

「よくわかってますよ」

「健闘を祈る」

須賀が佐良とは逆方向に歩いていった。

「イケおじ……ですかね？」

「物事の捉え方は人それぞれだよ。じゃあ、作業に行こうか」


午後一時、毛利が自席で作業をしていると、隣の内線が入った。ちょうど皆口は席を外している。皆口宛の内線はすぐに切れ、毛利の方が鳴った。

「佐良だ。マルタイが単独で動き出しそうだ」

「どうしてそんなことをご存じなんです？」

「能馬さんが手配してある。少年事件課の誰かに話を通しているんだろう。すぐ準備してくれ。皆口は？」

「多分、お手洗いかと」

「了解。毛利から皆口に伝えてくれ。俺はエントランスに下りる。皆口は車を。毛利は裏口に回ってくれ。俺と毛利はイアホン通話を今から開始しよう」

通話が切れたとほぼ同時に、毛利はイアホンをつけた。

「装着完了です」

「了解」

皆口が戻ってきた。毛利が佐良の指示を伝えると、皆口は速やかに薄手のコートを羽織り、イアホンを装着した。

「皆口も行動を開始します」

「頼む」と佐良が言った。

毛利が裏口に着くとほぼ同時に、佐良の声がイアホンから流れた。

「マルタイが表から出ていく。相勤はいない。昼飯かもしれない」

「今まで単独でランチに出かけてませんでしたけどね」

皆口が指摘する。

「そうだな。っていうか、俺を起こさなかったな。仮眠はいいのか？」

「眠くなかったので」

「気を遣わせて悪いな。毛利、俺の援護を。皆口は車で待機」

了解、と毛利と皆口の声が揃った。

毛利が裏口から庁舎を出て、庁舎をぐるりと回る形で表の方に向かっていると、また佐良の声がイアホンから流れた。

「日比谷《ひびや》公園に入り、有楽町《ゆうらくちょう》方面に進んでいる」

「了解です」

「私も向かいますか」と皆口が言った。

「この辺りは車を止められるところが少ない。もう少し待機してくれ」

的確な指示だ。体は疲れていても、脳は衰えていない。仮眠で佐良の体調が少しは回復しているのか。毛利は歩みを進めていった。

「有楽町駅に入っていく」

「こちらからはまだマルタイを現認できません」

勤務時間中の警官は概して早足だ。かといって駆け足で追いかけてしまうと、行確を気取られてしまいかねない。

「山手線のホームに上がっていく。東京・上野方面。皆口、東京駅方面に出発してくれ」

「了解です。皆口、発車します」

「あと少しで駅に着きます」と毛利は言った。

微妙なタイミングだ。この時間、山手線はだいたい五分間隔で動いている。

「遅延している。間に合いそうだぞ」

「急ぎます」

毛利は駆け出した。すでに山内はホームにいる。気づかれるリスクは皆無だ。改札を抜け、ホームまで駆け上がった。息を整えつつ視線をさりげなく振って、マルタイと佐良の姿を探す。

いた——。

「現認しました」

「フォロー頼む」

「承知しました」

二分後に山手線がホームに入ってきて、毛利は山内とも佐良とも異なる車両に乗った。東京駅を過ぎ、神田《かんだ》駅で山内が降りた。

改札を出ると、駅前の飲食店街を北に進んでいった。毛利は佐良の背中を追いつつ、山内の姿を視界に置いていた。舌を巻いた。さすがだ。佐良の歩き方からぎこちなさが消えている。

山内は全国チェーンの喫茶店に入っていった。コーヒーを飲むためにわざわざここまで来たのではないだろう。コーヒーを飲みたいのなら、職場近くの新橋や有楽町にも喫茶店は多い。誰かと会う？　一人で来たなら、相手は情報屋か？　刑事をしていると情報屋と接点を持つものだ。通常、同僚にも上司にも相手が誰なのか明かさず、単独で接触する。

「俺が中に入る。毛利は近くで待機してくれ」

「了解です」

山内の少し後に佐良が店内に入っていった。

毛利は道路の隅に立った。いい天気だった。時間が経つのは本当に早い。互助会を追っていた日々がつい昨日の出来事のようにも思える。年齢を重ねるにつれ、時間はもっと早く流れていくのだろう。

どうせあっという間に時間が流れていくのなら、自ら死を選ぶ必要はない。加速度的にあっちから迫ってくるのだから。

父親はそういう捉え方ができず、死に急いだのだ。もちろん、自分と他人とでは物事の捉え方は異なる。自分を絶対視しているわけでもない。

「待ち合わせだった。写真を送る」

佐良の囁き声がイアホンに流れた。

ほどなく店内の画像が送られてきた。いつでもどこでもスマホをいじっていても不思議ではない世の中になった恩恵の一つだ。裏返せば、いつどこで誰に撮影されていても不思議ではない。防犯カメラもあちこちにある。便利さや安全と引き換えに、現代人はプライバシーを失った。もはや誰もこの状況に文句を言わなくなった。どんなに反対していた事柄も一旦始まれば、すべて日常に溶け込んでいく。

画像は中年の男だ。チャコールグレーのスーツ姿なのに、どこか雰囲気が崩れている。神田というエリアに合わせて、似合わないスーツを着たに過ぎないように見える。

「まもなく神田に着きます」

皆口だった。

「どこかで路上駐車できるならそこで、できそうにないのならコインパーキングで待機してくれ」

佐良が指示を出した。

平均して十分に一度ほど、喫茶店に出入りがあった。佐良からの連絡もない。相応に離れた席に座っているので、山内たちの会話までは聞き取れないはずだ。

繁華街の路地を猫が歩いていき、頭上の電線には鳩が羽を休めている。

どういうことのない、ありふれた日常が流れていた。自分がどこで何をしていようと、日常は動いている。約半年前に皆口のカレーを食べて以来、こういった昨日と一週間後とを入れ替えても大差ない日常が愛おしくなった。

自ら死を選ぶ人間はこういう体験を一度もしていないのだろうか。どこかの誰かさんと違い、一度くらいは心底笑えた記憶だってあるだろうに。むしろ経験したからこそ、愛おしい現実が崩れてしまった時、耐えられなくなったのだろうか。

「最寄りのコインパーキングにいます」

皆口が言い、了解、と佐良が応じた。

張り込みの時は目の前に集中しつつも当該事件のことだけでなく、様々な事柄の断片が頭の中を通りすぎていくものだ。人間、一つの事柄だけを考えるようにできていない。しかし、両親についてなんてここ十数年思い出していなかった。皆口との些細な会話がきっかけだ。

視線で喫茶店の出入りを確認しつつ、ぼんやり思考を巡らせていると一時間が過ぎていた。

「出るぞ。毛利と皆口は接触者の行確を」

佐良の小声がイアホンから流れた。了解です、と二人の声が揃った。ほどなく佐良の画像にあった男が店から出てきた。

ＪＲ神田駅の方に進んでいく。毛利は距離を置き、男を追った。神田駅に入り、中央線の高尾《たかお》方面のホームに立った。その旨を皆口に告げた。了解、と短い返事がイアホンにあった。

中央線に乗り、男は席に座った。毛利は同じ車両に乗り、離れた位置から男の様子を窺った。目を瞑り、眠っている。

「マルタイはカイシャに戻った」

毛利が四ツ谷《よつや》駅に到着した頃、佐良の声がイアホンに流れてきた。山内はあの男に会うためだけに神田まで出たのだ。

新宿駅で男は降りた。大勢の利用客に混ざり、男は東口から外に出た。アルタ前の路地に入り、そのまま歌舞伎町方面に進んでいく。

ゲートを潜り、男は歌舞伎町に入った。

まだ明るいのに顔の赤い者も多い。男は飲食店などには目もくれず、新宿東宝ビル前を通り過ぎ、奥に向かっていく。新宿東宝ビル近辺には、トー横キッズたちがあちこちにたむろしている。

男はラブホテル街に近い、雑居ビルに入った。壁はくすみ、歌舞伎町には珍しく飲食店が入居していないビルだ。毛利は現在地と状況を皆口に告げると、一人で雑居ビルに歩み寄った。皆口はまだ新宿に到着していない。

ビルは七階建てで、三階でエレベーターが止まっていた。先ほどの男が利用し、三階で下りたとみていい。新平和ビル。ビルの名前を記した入居者表示板がある。

三階に入っているのは、中藤《なかふじ》興業とあった。毛利はスマホで表示板の写真を撮り、その場を離れた。近くの大久保《おおくぼ》公園にはまだ日中だというのに若い女性が五人ほど立っている。いわゆる立ちんぼだ。警察が取り締まってもいたちごっこになっている。取り締まりでは根本的な解決にはならない。

公園ではひと目もあり、来訪者も多い。毛利は公園から距離を置き、新平和ビルの出入りを見渡せる路地の片隅に立った。スマホで中藤興業を調べてみる。画面をスクロールしていっても、歌舞伎町にある中藤興業は検索に引っかからなかった。法務局で登記を取らねばならない。

中藤興業について、佐良に画像とともに情報を送った。

「こっちで素性を調べておく」

佐良が言った。

午後五時を過ぎた。まだ太陽は空にある。知らぬ間に日が長くなっている。つい最近まで五時にはうす暗くなっていた気がするのに。

あと数時間もすれば、山内の行確が始まる。今晩も歌舞伎町に相勤とやってくるのだろうか。中藤興業の男とは歌舞伎町で知りあった？

このままだと山内の行確は佐良だけになってしまう。

「新宿に到着。いまから合流する？」

皆口の声がイアホンに流れた。

「そうですね。良くも悪くも、ここなら男女が一緒にいても不自然な場所ではないので」

毛利は現在地を伝えた。

新平和ビルにはまったく出入りがない。大久保公園に女性の数が増えてきた。彼女たちを目当てにした連中もこれから増えるのだろう。佐良がここにいても彼女たちを取り締まらないはずだ。彼女たちの生活を支える制度が壊滅している以上、活計を奪う形になってしまう。警視庁には彼女たちの働き口を作る力はない。

「どのビル?」

皆口が隣に立った。あれです、と毛利はこっそりと指さした。

「かなり古いビルだね」

「佐良さんが素性を洗ってくれてます」

「同時通話で聞いてたよ」皆口がイアホン通話をした。「現着。毛利君と合流しました」

「二人とも頼む」

「マルタイの行確は佐良さん一人で?」

「そうならざるを得ないな」

「中藤興業については?」と毛利が尋ねた。

「いま照会をかけ終わった。ビンゴだ。マルボウだよ」

「あとは何を話していたのかですね」と皆口が言った。「ただの情報収集なら咎《とが》めるべきじゃないですし」

「引き続き、そっちの行確を頼む」

イアホン通話を終えた。

2

「まいどあり」

三崎と美雪は同世代のおとなしそうな少女を見送った。ミドリを三錠、売却したのだ。一人でドラッグストアから出てきたところを美雪が呼び止めた。〈あれ〉を見せると食いついてきて、三崎は美雪の背後に立ち、やり取りを見守る役割だった。あの少女も自分の身を売り、手に入れた金なのかもしれない。

裏路地とはいえ、騒音で耳がうるさい。さすが歌舞伎町だ。

これで九万円が手に入った。ミドリの数に限りがあるといっても、元手は無料だ。ぼろ儲けだと言える。

裏路地から人通りの多い場所に出た。

三崎は下校後、家に帰って着替え、ＪＲ新宿駅東改札で美雪と合流し、歌舞伎町にやってきていた。今日は放課後に美雪と会えるとわかっているので、いつも以上に授業時間を長く感じた。六時、空はまだ明るいものの歌舞伎町の空気は沸騰しかけている。トー横キッズや外国人観光客だけじゃなく、大人たちが集まってきて、夜の街が本格的に目覚めようとしている。

無数の看板が今日も目にうるさい。お金を稼げる街だけど、どんどん歌舞伎町を嫌いになってしまう。大人は仕事をする時、多分こんな気持ちになるのだろう。行きたくもない場所に行き、お金を稼ぐために作業をしなければならないのだ。子どもが楽しいとは言わないけど、大人になる気が失《う》せてくる。電車などで見かける大人、特にスーツ姿の会社員なんてほとんど全員疲れ切った顔をしている。

「順調なスタートだね」

美雪がにっこりと笑い、三崎は頷いた。

「今日はあと一人、もしくは一組にしよう」

「なんで？　いっぱい売った方がよくない？」

「顔を憶えられたくない。顔を憶えられたら危険だよ。せっかく男を避けているのに、連れてこられかねない。それに専門の売人だっているんだ。商売の邪魔だと襲われるかも。一日十万円以上も売り上げられたら充分だよ。アルバイトをしたって、一日でそんな額を稼げるはずないんだからさ」

「なんか残念」

「歌舞伎町に来るのも一週間に一回にして、特定の曜日にしないようにしなきゃ。網を張られちゃうから」

「確かに十万円なんて一週間じゃ使い切れないっか。大人じゃないんだし」

「そうそう。地道に売っていこう。細く長く一緒にいられる時間を増やすためにね」

美雪が三崎の腕に飛びついた。

「だねだね」

三崎は頬がかっと熱くなった。

「さっさと今日の分を売って、早くこの街を出よう」

本当は九万円でも充分だけど、美雪はもう少し売ってしまいたいのだ。折衷案と言える。自分は案外ずる賢いのかもしれない。深く考えなくても、これくらいのアイデアがすぐに浮かぶ。

「あの子たちなんかいいんじゃない？」

美雪が視線を振った。

「ちょっと派手すぎるよ」

「派手だと駄目なの」

「自己アピールが強いってことだから、〈あれ〉を割安で手に入れた、ってSNSとかで自慢するかも。〈あれ〉は希少価値の高い薬みたいだしね」

三崎はSNSなどで時間をかけて調べた。定期的な包装の色変更に伴って薬の呼び名も変わっているが、同じ種類だと思えるものの投稿が見つかった。三崎の手元にある、ミドリという名の薬は市販されておらず、簡単にパキることができるという。値段は張るけど、トー横キッズの一部の間では評判を呼び、ミドリのお兄ちゃんを見つけたら即買いすべき薬らしい。気安いあだ名だけど、売人は売人だ。遭遇しないように気をつけないと。

「慎重派だね」

「ものがものだから慎重になった方がいいんだよ」

「星輝の言う通りにする」

どこかで大きな笑い声があがった。能天気な笑い声だ。トー横キッズたちの笑い声じゃない。連中の笑い声はどこか哀しいし、寂しい。きっと大人には聞き分けられない差で、中二のガキがこんなふうに感じているなんて一ミリも気づいていないだろう。

トー横キッズのものはその場では笑っていても、心の底から、体の底からの笑い声じゃない。

心の底、体の底から笑える子どもは歌舞伎町には集まらない。心底笑える子どもは今頃学校で部活をしているか、友だちと遊んでいるか、塾や習い事に行っている。

「素直だね」

「星輝と一緒にいるようになってから、『お世話さん』について考えなくてよくなったからね。感謝してるんだよ」

「『お世話さん』ってなに？」

「死にたくなったら、『お世話さん』に頼めばいいって噂《うわさ》、知らない？」

「聞いたこともない」

美雪がスマホを取り出し、画面を開いた。

どうしても死にたくなったら、この人に連絡してみて『お世話さん』って人。リポストとか誰かに転送とか、絶対禁止だよ。『お世話さん』がいなくなっちゃうから。みんなが困っちゃう。連絡先は――

誰かが記したメッセージだった。発信元は『お世話さんのともだち』とある。

「これ、出回ってるの？」

「死にたがってる人の携帯にメッセージが直で送られてくる。本当に誰もリポストとか転送してないみたい」

「そんなことありえる？」

「検索しても出てこないんだよね。リポストとか転送する前に死んじゃってるのかも」

「美雪も死のうとしてた？」

「死にたいってＳＮＳに投稿したことがある。結構、本気で。だからこれが届いたんだと思う。トー横に来てるうちらみたいな年代で、死にたいって思った経験のない子なんていないでしょ、絶対」

「そうだね、おれもあるよ」

将来が不安だとか、人生に行き詰まったとか、学校が嫌いだとか、居場所がないからとかそういうのだけが死にたくなる理由じゃない。

希望がないのも立派な理由だ。生きていても無駄だと思える。生きている意味がない。簡単に言っちゃえば、生きていても楽しくない。毎日楽しければ、希望なんて要らないはずだ。大人だって楽しくなさそうだ。両親は好き勝手に生きているけど、あれは楽しさとは違う。毎日が楽しくないから、好き勝手に生きているだけだろう。

たまにテレビを観ていると、大人たちが真顔で『子どもの未来が明るくなる社会を作る』とか『子どもが生きやすい世の中にする』とか言っている。間違っている。希望の前に楽しさを感じさせてほしい。

美雪と出会わなかったら、いよいよ本気で死ぬ方法を考えたのだろう。学校で〇・一パーセントの奇跡——誰かが話しかけてくることなんてどうせない。トー横でも馴染めそうになかった。

大人は、これしきのことで死ぬなんて考えるなと諭してくるに違いない。大人の世界の方がもっときついとでも言って。

だったらなおさら生きている意味なんてないじゃないか。美雪に出会う前の、あれ以上にきつい時間なんて一分たりとて過ごしたくない。

きっと『お世話さん』は、本気で死のうとする子どもをSNSだけで見極められるのだろう。そんな離れ業を可能にするのは、慣れなのかもしれない。どんな道も数をこなせば、判断速度は上がっていくはずだ。

「ここに返信すると、闇サイトを案内されるって話。わたしはそこまでしてないから嘘かほんとかはわかんない」

「闇サイトなんて実在するんだね。『お世話さん』が各地で子どもを殺し回ってるの？」

「まさか。さすがに警察も動くでしょ。どうやって死にたいって望みを叶えているのかは知らない」

「一種の都市伝説かな、面白半分の」

「うーん、言われてみるとそうかも」

美雪がスマホをバッグにしまった。

「もうわたしには必要ないんだ、星輝が一緒にいてくれるから」

「おれも、もう死にたいと考えないだろうね」

こうして美雪といる時間が楽しい。急に自分を取り巻く世界がモノクロから色鮮やかなカラーの世界になった気分だ。

資金源——ミドリもある。

売ったお金で、かなりの時間を一緒に過ごせるはずだ。人生で初めて持てた希望だ。美雪と過ごせるのなら、乾いた学校生活も日常も今まで以上にひどくなっても構わない。

「さっきのメッセージ、消さないの？」

「なんかお守りみたいだったんだよね。死にたくなったらいつでも死ねるって思えて。消すのはなんかさ」

「おれに転送して」

「なんで？」

「二人の繋がりがもっとほしい……っていうか、もっと強くしたいから。美雪が崖っぷちに追い詰められてた時の気持ちを共有したいんだ」

美雪が息を呑んで、目を大きく広げた。

生まれて初めての感覚だった。自分にとって彼女は今まで会った誰とも違う、特別な存在なんだろう。美雪という生きる理由ができ、かえって死に近い何かを持っておきたいような気も不思議とする。

「だめ？」

「だめじゃない。うれしい」美雪がバッグからスマホを取り出し、転送してくれた。「これでお揃いのお守りだね」

「ありがとう。転送禁止を破らせてごめん」

「なんの。ルールなんて破るためにあるんだよ」

「よし、次に売る人を探そう」

三崎は腕を軽く突き上げた。おー。美雪も腕を軽く突き上げた。

めぼしい少女が見つからないまま、八時を過ぎた。誰かの話し声や電子音が合わさったうるささは夕方の倍以上になって、ネオンが目に痛いほど輝きを増している。

「ちょっといいかな」

目の前に大人の男が二人立った。歌舞伎町によくいるタイプの黒のスーツ姿で、手には何も持っていない。二人とも笑みを浮かべ、口調もやけに気安い。右側は細身で赤いネクタイをしめ、左側は大柄で気持ち悪い柄のネクタイをしめ、まるでスーツが似合っていない。ジャージの方が似合うタイプだ。三崎の学校にいる体育教師と雰囲気がかなり似ている。

二人は警官……だろうか。左側は耳が潰れている。幼い頃、幼稚園に交通指導で来た女性の警官も耳が潰れていた。誰かが理由を訊ねると、「小さい時から柔道をやっていたから」と答えたのが、今でも印象に残っている。

歌舞伎町界隈で何人も補導されるトー横キッズたちを見かけている。そもそも警察から逃げようとした少女からミドリを預かった。荷物検査などをされたら、かなりまずい状況になる。

背中に一筋の汗が流れていき、三崎は美雪と目を合わせた。美雪も同じ不安に襲われているはずだ。いつになく表情が硬い。

もしもの時、逃げられるだろうか。大人相手に駆け足で勝てるのだろうか。三崎は男たちに顔を向け直した。

「なんでしょう」

わざとぶっきらぼうに応じた。

「荷物を見せてくれないかな」

また右側が軽い調子で言った。会話の担当らしい。左側は笑みを浮かべたまま、こちらをじっと見据えている。

「どうしてですか」

三崎は尋ね、顎を引いた。この男たちは警察じゃない。いきなり荷物に興味を持つのは不自然だ。警察なら、この時間に歌舞伎町にいる子どもに対してはまず注意し、氏名や身元を確認してくるはずだ。中二でもそれくらいわかる。

一体、何者だ？　ミドリ専門の売人？　やくざ？

「興味があるからだよ」

「警察じゃないですよね」

右側はいっそう笑みを深めた。しかし両目は鋭い。まったく笑っていない。完全な作り笑顔だ。

「それを聞いちゃうと、君たちも困るんじゃないかな。交番に行きたくないだろ」

恩着せがましい物言いだ。やっぱり警官じゃない。こんな応対をしないはずだ。

「見ず知らずの人に荷物を見せる義務なんてありませんので」

「まあ、そう言わずにさ。ちょっと、これを見てよ」

右側はスマホを取り出し、指で操作すると液晶を三崎たちに向けた。

三崎は首筋に力が入った。二時間ほど前、ミドリを売った路地から出てくる自分たちの背中が撮影されている。ミドリを売った少女に写されたらしい。スマホのシャッター音が歌舞伎町の喧噪にかき消されて聴き取れなかったのか。

「君たちだよね。服も鞄も一緒だ」

「こんな洋服、街に溢れてますよ」

「洋服はね。でも、体格まで君たちとそっくりだ。写真を拡大すれば、皺や汚れまで確認できるはずだよ」

「おれたちの荷物を確かめて何がしたいんです」

右側がスマホを引っ込めた。

「おじさんたちは探し物をしてるんだ。盗まれた大事なものを」

「おじさんたちと初対面ですし、何も盗んでませんよ」

「ああ、君たちとは初顔合わせだ」右側が大きく手を広げた。「だが、君たちが持っているかもしれなくてね」

「どうしてそう思うんですか」

三崎と右側だけが言葉を交わし、美雪と左側は何も言わないままだ。どこからかドブのような臭いがする。

「さっきの画像。誰が撮ったのか見当がつくだろ？　おじさんたちはあのコたちにお願いしてたんだ。いつもと違う人間がミドリを売っていたら教えてくれって」

右側は真顔になった。

「というわけで、おじさんたちに返してくれないかな。すでに売った分については目を瞑ってあげる」

「ミドリって何ですか」

「君たちが売った錠剤だよ。今なら君たちを見逃す。君たちがおじさんから奪ったわけじゃないからね。でもいまこの瞬間、あれが元々はおじさんたちのものだと君たちは知ってしまった。もう善意の第三者ではいられないんだ」

ゼンイノダイサンシャ？　何を言っているのかわからないけど、この男たちに〈あれ〉を返してしまうと、美雪と一緒にいるための軍資金の元を失ってしまう。前回と今日の分を入れて十万円。三ヵ月ももたないだろう。

「おれたちがお探しの錠剤を持っていたとしても、元々おじさんたちのだったかどうかはわかりませんよね」

「そこは信用してもらうしかない。君たちにとっても悪い取引じゃないんだ。失った分は問わないと言っているんだよ」

「大事な錠剤なんですか」

「ああ、とってもね。どうしても返したくないというなら、売ってもらうまでだ。君たちの取り分は売上げの五パーセントか、百錠売るにつき五錠をあげよう。ただ相応のリスクは背負ってもらうよ」

売人になれっていうのか……。どっちにしろ、この二人はやばい人間だ。

三崎は右手で美雪の左手を取った。暖かな五月だというのに、恐怖で血の気が引いてしまったのか、美雪の手は真冬に何時間も外にいたかのように冷たくなっている。

「早く見つかるといいですね。おれたちは持っていません」

三崎は美雪の手を強く引っ張り、駆け出した。

「てめえ」

大柄な方が腕を伸ばしてきた。三崎は左手首を摑まれた瞬間、全身の空気を押し出すかのように喉を開いた。

「助けて」

左手首を摑んでいた手が緩んだ。

「誰か助けて」

美雪も声を張り上げた。

二人は走り出し、悲鳴を上げ続けた。騒音まみれの歌舞伎町でも、さすがに目を引いたのか大人たちがこちらを見ている。

「いい加減にしろ」

今度は美雪が腕を摑まれた。三崎もその衝撃で肩が抜けそうなほど後ろ側に引っ張られて立ち止まらざるをえなかったが、美雪の手は離さなかった。

「こっちが下手に出りゃ、いい気になってんじゃねえぞ、おら」

視線を振ると、大柄な方の怒声だった。美雪が立ちすくんでいる。三崎は美雪の手を離さぬまま、大柄な方の腕に肘打ちをした。びくともしなかった。脛《すね》を蹴飛ばすも、やはり効き目はない。

「おとなしくしてりゃ、良かったものを」

大柄な方が三崎の髪の毛を摑んだ。痛い。頬を張られた。脳が揺れるようで、頭がくらくらする。もう一度頬を張られた。

周囲の大人たちは助けに入ってこない。遠目で見ているだけだ。大人なんてまったく頼りにならない。

「お前ら、これが最後だ。さっさと出せ。さもないと、暗い場所に連れていかなきゃなんねえぞ。どうなるかは想像できるな？」

細身の方が吐き捨てるように言った。

くそ。三崎は奥歯を嚙《か》み締めた。涙が溢れそうになるも、目の周りに力を込めてなんとか耐えた。

もう駄目なのか？

「ちょっとあなたたち、何をしてるの」

男たちの背後から女性の力強い声がした。細身の方が振り返る。三崎は女性の顔が見えた。

髪が長くて、目元の凜々《りり》しい女性だった。

3

毛利は迷っていた。どのタイミングで皆口の助太刀に入ればいいのかを。

山内と会ったマルボウが動き出し、新宿東宝ビル脇の飲み屋に入ったため、遠くから張っていた。その最中、ガキが大人二人に絡まれている場面に遭遇した。皆口も最初は出ていく様子はなかったが、誰も助けに出ないので業を煮やしたのだろう。皆口がいかなければ、自分が出張っていた。

やはり自分は少し変わった。数年前の自分ではありえない判断だ。

付近には山内も相勤もいる。佐良からその旨の連絡が入っている。皆口の姿を山内たちに見られると、最悪この行確から皆口は外れねばならない。監察係の一員としては失敗になる。幸い、まだ山内たちの姿はないが、近くには他の警官がいるかもしれない。

『なにって注意ですよ。こんな時間に歌舞伎町にいちゃいけないって』

皆口のイアホンを通じ、やり取りが聞こえてくる。

『子どもたちの頬を張っていましたよね。見ましたよ。身内ですか』

皆口の声は毅然《きぜん》としている。毛利は周囲に視線を飛ばしていた。山内の姿が見えれば、即、伝えるべきだ。

『そりゃ、まあ、何て言うか』

男たちの発言は曖昧だ。身内であるはずがない。あの男たちは警官でもない。警官特有のニオイがしない。公安捜査員は警官のニオイを消せるが、明らかに彼らは違う。そもそも公安捜査員は街中であんな目立つ真似はしない。監察係も公安同様だが、皆口も佐良もいい意味で組織に染まっていない。

『あ、ねえ、ちょっと』

少年と少女が走って逃げていき、男たちは追いかけようとするも、皆口が手を広げて立ち塞がった。

『警察です。動かないでください』

『どいてくれ』

大柄な男が皆口を追い払おうとした。皆口は軽くかわすと相手の腕をとり、捻《ひね》り上げ、地面に押しつけた。

『これで公務執行妨害です』

手錠は所持していないはずだ。自分も手錠を持っていないが、毛利は皆口のもとに走って向かった。細身の男が逃げ出していく。意外と足が速い。人を取り押さえる慣れた手つきをみて、皆口が本職の警官だと認識したのだろう。人混みにまみれ、もう追いつけそうにない。せめて大柄な方だけは確保しないと。

周りには他にも大人がいるが、何もしようとしない。いままさに手にスマホを持っているのに、通報しようとする動きもない。

「すみません、俺がトイレに行ってる間に何があったんです？」

毛利は惚《とぼ》けた。相手が通りすがりの素人であっても、張り込み中だとは言えない。

「この人ともう一人が少年と少女を脅してた。暴力もふるった。挙げ句、私に襲いかかってきたので公務執行妨害で確保したところ」

「なるほど。ナワバリがどうこう言われるのが面倒なんで、新宿署に連絡します。交番はここから近いですから」

スマホを取り出し、数歩現場を離れて連絡を入れた。そのまま最寄りのドラッグストアに駆け込み、洗濯用のロープを買い、皆口のもとに戻った。

「手錠の代用品を買ってきました」

毛利は手早く、大柄な男の腕と足を縛り上げた。

「あとはこいつを放っておき、交番勤務の警官に任せましょう」

「大丈夫？」

「平気でしょう」

能馬に事情を告げ、警邏《けいら》を手配してもらった。確保した男の前で、馬鹿真面目に能馬に連絡を入れたと言う必要はない。言うべきでもない。

「いい見せしめです。歌舞伎町なんで、なんかのイベントと思われるでしょうが。観光客がばんばん写真を撮って、拡散すればいいんです」

「悪い人だね」

毛利と皆口はその場を離れた。おいッ。男の声が背後でするも、無視した。あと数分もすれば制服警官がやってきて男を確保する。説明は能馬に任せればいい。

「マルタイはそっちの騒動に気づいてない」

佐良の声がイアホンから聞こえた。山内を行確しつつ、繋ぎっぱなしのイアホン通話で仔細をチェックしていたらしい。

「了解です。なによりの一報ですよ」

皆口が穏やかな声を発した。

「毛利もいい判断だった」

「大立ち回りを披露できず、残念です」

「私より強いつもり？」

「言葉の綾ですよ」

「二人とも例のマルボウの行確を続けてくれ」

了解です、と毛利と皆口の声が揃った。歌舞伎町特有の肌を刺してくるような喧噪が辺り一帯を包んでいる。

いい機会だ。聞いてみよう。

「皆口さん、一番身近な先輩として見解を教えてください。さっきのガキども、どうして助けようと思ったんですか。行確から外されるリスクまで冒して」

行確の失敗のみならず、人事評価も下がってしまいかねない。

「どうしてって、誰も助けようとしなかったから。もちろん、行確に集中すべきなのは心得てる。私の仕事だからね。でも、誰かを助けるのは警官の根本的な役目だし、無視できないよ。誰かが助けにいってれば、出る気はなかった。毛利君だって共倒れのリスクを冒して出てきてくれたでしょ。黙殺できたのに」

「当然、任務を最優先すべきなのは理解してます。同時に、いまはあのガキどもの安全確保を優先すべきだと思ったんです。いくら甘ったれが気に食わないといっても、見過ごせないと。皆口さんが出ていったので、フォローのタイミングを計ってたんです」

皆口が微笑んだ。

「佐良さんも言った通り、いい判断だね」

「どうもです」

あなたのおかげでもありますよ、と胸裏で呟いた。

「にしても、誰も助けに出ないって世も末だよね。歌舞伎町だと、ああいうトラブルが日常茶飯事だとしてもさ。歌舞伎町に子どもがいるっていうのが、ありふれた日常って現実もどうかと思うし」

「でも、子どもは明るくて、無邪気で、夢と希望に満ちている——ってのは大人の幻想ですよ。大人は子どもに希望を見出しすぎです」

子ども時代、自分は無邪気になれず、夢と希望とも縁はなかった。

皆口は肩をすくめた。

「まあ、そうだね。歌舞伎町に来て自殺した子どもだっていたもんね。彼らの心の中って実は大人より複雑なのかも。年間どれくらいの子どもが自殺してるんだろう」

「結構な数でしょうね」

「そんな子どもたちに希望を見出してる大人って、なんか笑っちゃうね。希望を見出す前に、自殺する子どもを減らせって話じゃん。……大人の一人として、自分が何かしてんのかって言われると口ごもっちゃうけど」

「さっき助けたじゃないですか。ああいう背中を見せて、辛くても、きつくても、悩んでいても、誰かは助けてくれるって気づいてもらうのは大事なことでしょう」

　自分でも思いもかけない意見を述べていた。いつの間にか勝手に頭の中で生まれていたらしい。傍から見て、その人の中身がわからないように、本人だって自分の中身はわからないものなのか。

「そうだね。私だって大人が理想に描くような子どもじゃなかった。歌舞伎町には来なかったけどさ。みんな、いつも何かに悩んでるんだよね。私たちはＡＩでもサイボーグでもないんだからさ」

　悩み、か。仕事では必要以上のことをすべきではない。場合によってはその時に課せられた任務を放棄してでも、すべき。この二つの狭間にある何かを見出したいのも、悩みと言えるのかもしれない。

　皆口が手を叩いた。

「さ、仕事に戻ろうか」

皆口と分かれ、歩き出した。ネオン街にも闇はあり、誰も見向きもしないエアポケットのごとき空間がある。張り込みを重ねていると、そういう場所が自ずと目につく。雑居ビルと雑居ビルの間にある空間に毛利は全身を溶かすように立った。

居酒屋ビルの出入り口に視線を据えつつ、目が鋭くなって周囲に妙な人間がいると思わせないよう頭の中は自由にしていく。

必要以上のこと。それは自分にとっての、警官という職業の枠組みにとっての必要を超えた行為のことだろう。駒に徹すれば、必要の範囲内で命を放り投げるような行動をとらねばならない時がある。かつて自分が銃の前に体を晒《さら》したように。

毛利は必要以上の必要を社会や誰かのためという観点では捉えていない。それでは、人間は簡単に殺されてしまう。父親も母親も社会や誰かのために生き、犠牲になったと言える。

職業の枠組みを超えた駒にならないといけない場合——社会や誰かのために人生を投げ出させる社会はまともではない。一億人を戦争動員した戦前の価値観と一緒だ。たとえ本人が望んだ行為であっても、決して美化してはならない。

毛利は銃の前に飛び出した時、誰かのためにという頭はなかった。社会のためとも思わなかった。警官として——駒としてとるべき行動をとっただけだ。自分が欠けても、替わりはいくらでもいる。そんな趣旨の発言をすると佐良に胸ぐらを摑まれ、己を駒に徹する行為を否定された。佐良も銃の前に体をさらけ出したというのに。

あの時、佐良は駒として動いていなかった。かといって、社会や誰かの価値観に頭を預けて飛び出してきたわけでもなかった。

佐良には佐良の理由があったのだ。真意を聞いても無意味だろう。自分なりに佐良の行動原理の解を見出さないと、必要と必要以上の狭間にある何かに到達できない。知っていることと理解していることとは根本的に異なる。

「ねえ、毛利君」皆口の声がイアホンから流れた。「さっきの二人組、マルボウって雰囲気はなかったよね」

毛利は思考を切り替えた。

「でも、荒っぽい雰囲気はありましたよ。共生者か半グレかもしれません。トクリュウって呼ぶタイプの連中かも」

共生者とは文字通り、裏社会で暴力団とともに生きる連中だ。こちらはまだ対処のしようがある。暴力団員そのものも減っている。暴対法で締め付けが厳しく、銀行口座を開けず、携帯電話も契約できず、住居も借りられないからだ。

厄介なのは半グレだ。暴力団が力を弱めるにつれ、素人がマルボウのシノギに手を出し始めた。経営者、会社員、医師、弁護士など本職を持ちつつ、犯罪に手を染めている。彼らの存在によって、犯罪者が自分のすぐ隣にいる現実が到来した。会社で机を並べている同僚、かかりつけ医、経営を相談するコンサルなど、信頼している相手が犯罪者かもしれないのだ。一般人の仮面をかぶる犯罪者の取り締まりに、警察も本腰を入れている。もはや『半分グレている』程度では済ませられないほど、連中に食い物にされる事件が多発しているのだ。強盗、詐欺、ついには殺人事件まで。

　半グレの中でも流動的にメンバーが入れ替わり、特殊詐欺や違法風俗などに手を出す連中を警察では最近『匿名・流動型犯罪グループ』──トクリュウとして捜査に乗り出している。現在では年間一万人が逮捕されているものの、彼らの出入りは激しく、全容を解明するのは難しい。逮捕しているのも、使い捨ての末端ばかりだ。

　半グレ──トクリュウのトップにはおそらく、本当に力のある暴力団や海外マフィアがついている。半グレ──トクリュウも結局は、トカゲの尻尾切りに過ぎないのだろう。トクリュウの連中が逮捕されても、構成員ではないので連座で組長を持っていかれないし、組を捜査されずに済む。

「確保した男の取り調べは新宿署に任せましょう。彼らにも仕事してもらって。我々も結構忙しいんで」

「逃げた子どもたち、歌舞伎町で何してたんだろうね」

「ヤクをやってる気配はありませんでしたね。しっかり走れてましたし。意味もなく、たむろしてんですよ。春や夏、街灯に蛾や小虫が集まるじゃないですか。あれと一緒で。人間も昆虫も本質的には何も変わらないんでしょう」

「蛾や小虫って辛口だなあ。毒牙にかからないといいね」

「時間の問題でしょう。サイバー犯罪対策課にいた時、児童買春、売春の捜査の手伝いをしたんです。児童ポルノも巷《ちまた》に溢れてますしね。某大手アイドル事務所の例もあったように、性犯罪には少年も少女も関係ありません」

　児童買春、売春は胸くそが悪くなる捜査だった。

「それだけじゃない」佐良だった。「未成年にもヤクが蔓延してる。ＳＮＳの発達で売買はより簡単になったからな」

「マルタイは相変わらず聞き込みですか」

「ああ。トー横キッズに当たり続けている。捜査としては進展してないんだろうが、マルタイの行動はある種の抑止力になっているのかもな。子どもたちが犯罪に手を染めたり、巻き込まれたりしないための」

「個人の力には限界がありますよ」皆口が言った。「トー横キッズって、真夜中もここにいるんですよね」

「そうらしいな」と佐良が低い声で応じた。

　今回の行確で歌舞伎町を訪れるたび、トー横キッズたちをあちこちで見かける。連中はよく笑っている。

　あのすべてが心の底からの笑顔ではないのだろう。

「危なかったね」

　美雪が胸に手をあて、大きく息を吐いた。

「ほんと、女の人が来てくれなかったらやばかったよ」

三崎は美雪とともに新宿西口のファミリーレストランに駆け込んでいた。周りには会社員や大学生らしき人で賑わい、人心地つける。三崎はパンケーキセットを、美雪は季節のパフェセットを頼んでいた。

「助けてくれたの、あの女の人だけだったね」と美雪が眉を寄せた。

「警察って言った気がした。逃げ出した時、背中でそんな声が聞こえたんだ」

「あ、やっぱ？　言ってたよね。そういう意味でもやばかったじゃん」

正体不明の男たちに襲われかけたためなのか、妙な興奮がある。学校で『煙草を吸った』『ビールを飲んだ』などとちょっとした悪さを誇る連中は、こんな気持ちになっているのかもしれない。

いや、違う。この興奮はそんなガキの悪さで味わえる程度じゃない。相手の雰囲気からして山に埋められたり、海に沈められたりした恐れがあったのだ。煙草を吸っても、酒を飲んでもせいぜい親や教師に怒られる程度で済む。

三崎は自分が特別な存在になった気がした。全国の中学二年生が体験していない経験をしたのは間違いない。

「星輝、かっこよかったよ。胸を張って言い返してたとことか特に」

「内心はひやひやだったよ」

「わたし一人じゃ何もできなかった。〈あれ〉を渡して終わりだった」

「おれだって一人じゃ何もできなかった。美雪がいてくれたから踏ん張れた」

「うちら二人揃えば最強じゃん」

美雪が声を弾ませた。

ロボット配膳機がパンケーキセットと季節のパフェセットを運んできた。美雪と話し合うべき議題があるけれど、まずは腹ごしらえだ。

パンケーキにメイプルシロップをたっぷりかけ、クリームチーズをのせ、口に運ぶと甘さが脳の緊張を緩めてくれるようだった。体力も一気に回復していく気がする。美雪も親の敵のようにイチゴ、キウイ、バナナなどの具材を口に運んでいる。

二人ともあっという間に胃に収めた。セットのオレンジジュースも早々になくなり、追加でジンジャエールとコーラを頼んだ。

「さて」三崎は美雪の顔を見据えた。「さっきので、〈あれ〉についてちょっと話し合わなきゃいけなくなった」

「うん、わたしでもそれくらいはわかる。しばらく歌舞伎町には近づけそうにないよね。一人逃げてたし」

「他にも仲間がいるはずだ。専門の売人もいる。連中は歌舞伎町をうろうろしてるに決まってる。今度は正面から写真を撮られるかもしれない。そうなったら、どこにいようと連中に追われる。まだ何とかなる段階だ」

「連中、ヤクザかな」

「わからない。ヤクザに近い人種だろうね。〈あれ〉を知ってて、自分たちのものだと言ってるんだから」

地元の街では見かけない、かなりやばい雰囲気を放っていた。裏社会っていうのが本当に存在するなら、ああいう奴らが蠢《うごめ》いているのだろう。一生かかわりたくない人種だ。ミドリでもうかかわったと言えるのか……。

美雪がテーブルに身を乗り出した。

「つけられてないよね」

「多分。この店にはいない。外に出る時、気をつけよう。用心しすぎるくらいがちょうどいいかも」

「歌舞伎町以外で、他に〈あれ〉を売れる場所はあるかな」

「売れるとすれば渋谷か池袋だろうね。けど、渋谷と池袋にいる人が〈あれ〉について知ってるかどうかは何とも言えない。SNSで調べた限り、トー横界隈だけで噂になってる感じだったから。全国を探せば、SNSで書き込みを見てる人はいるだろうけどさ」

ロボット配膳機が二人のジュースを運んできた。三崎は台から二人のジュースをとり、配膳機を返した。

「ニーズがなきゃ、売りようがないってこと?」

「そう。おれたちはパキる感覚だって知らないし、〈あれ〉を飲んだらどうなるかすら知らないんだ。宣伝しようがない」

「うーん」

美雪が頭を抱えた。

「かといって」と三崎は話を続ける。「使いたくないし、捨てるには惜しい」

「使うのも、捨てるのも絶対ダメ」

美雪がきっぱりと言い切った。

「だね」

このまま警察に駆け込んで、何もかも話してしまえば楽になる。売ったことを黙っておけば、罪にも問われないだろう。だけど、それだけはできない。美雪と楽しく過ごすための資金源なのだ。ゆくゆく二人で部屋を借りるための資金にもなるかもしれない。せっかく生きている意味、楽しみが生まれたのだ。

「もう少し頭を捻ってみよう。焦らなくていいさ。〈あれ〉はこっちの手にあるんだから」三崎はストローを咥え、ジンジャエールを口にした。「命を懸けて保管しておく」

「〈あれ〉、分散しておいた方がよくない？」

「半分ずつ持っておくってこと？」

「割合は変えたっていい。七三とか八二とかでも。だって一人が全部持ってるのは危険だよ」美雪は真顔で、真剣な口調だった。「後ろ姿とはいえ、相手はわたしたち二人の画像を持ってる。今日着てる服を二度と着ないようにして、髪型を変えても、〈あれ〉を売る場所を変えても、噂は近いうちにあいつらの耳に入ると想定した方がいいよ。つけられて、家を特定されないとも限らない」

三崎はテーブルにジンジャエールのグラスを置いた。

「確かに〈あれ〉を失うリスクを減らす意味だと、別々に保管しておいた方がいいとは思う。だけど、美雪が大きなリスクを背負って意味だよ。美雪にリスクを背負ってほしくないんだ」

本心だった。もし美雪に何かあれば……そう考えるだけで目の前が暗くなっていく。ようやくできた、心を許せる相手なのだ。まだ三回しか会っていないけれど、これまでの人生でもっとも大事な相手だと断言できる。

「平気。リスクならもう背負ってるよ。〈あれ〉を売った時点で」

「だけど……」

「わたしはやわじゃない。お姫様扱いは嫌じゃないけど、気合いのない人間には思われたくない」美雪は口元を引き締め、さらに続ける。「星輝がわたしにリスクを背負わせたくないように、わたしも全部のリスクを星輝に背負わせたくない」

こんな自分を大事に思ってくれているなんて……。背筋が伸び、体の奥底が温かくなっていた。

「わかったよ。二人でリスクを分け合おう」

にっこり笑い合った。

「よし。うちらは二人揃えば最強なんだから、絶対に大丈夫」

美雪は胸を張った。

4

歌舞伎町を出ると、清水《しみず》は本来のテリトリーである西麻布《にしあざぶ》に向かっていた。ベンツのハンドルを握る手に勝手に力が入る。

今晩は歌舞伎町をうろうろしない方がいい。サツがうるさい。ガキをとっちめるのは予定外だった。目を引くからだ。

案の定、目立ってしまい、警官が現れた。もう一人――田中《たなか》は警察に連れていかれる羽目になった。

心配はいらないだろう。取り調べで真相を話すほど馬鹿でもあるまい。うまく言い抜けるはずだ。あいつは社会的信用の高い仕事にも就いている。

中学校の体育教師なのだ。教え子がいるという噂を聞き、追いかけていたとでも言えばいい。暴力団っぽい見た目も体育教師なら納得もいくだろう。田中は柔道の有段者でもある。そんな野郎を易々と取り押さえた警官。女性にも格闘に長けた人間がいる。今回は相手が悪かった。

問題は――。

奪われたままのミドリだ。

一年前、まずはアカとして販売し、続いてアオ、ムラサキと名前と包装の色を変えて送り出し、二週間前にミドリとして売り始めた。名前と包装を変えることには、収集欲を駆り立てたり目新しさを演出したりする狙いがあった。この間、自分たちは一貫して〈カラフル〉と呼んできた。自分たちが出元と知られたくない。

仲間の一人が二年半をかけて調合した、一般には絶対に出回っていない薬だ。この男は三十代後半で、薬剤師をやっている。市販薬を色々と混ぜたらしい。一錠で相当な高揚感を味わえ――ハイになれ、中毒性もかなり強く、一度服用した人間は必ずまた使いたくなるという。カラフルに違法な成分は入っていないが、むろん薬事法からは逸脱している。

初めて見せられたのは、西麻布にあるクラブのＶＩＰルームだった。このクラブには芸能人やその卵もよく踊りに来ている。女性アイドルの一員が半裸状態で踊り狂い、仲間たちが持って帰っていく姿をよく目にした。清純派若手女優と呼ばれる芸能人もいた。薬剤師は女性アイドルたちにカラフルを試していた。

四十二歳の清水にはやかましい音楽に合わせて踊る連中の気が知れない。ここが仲間内で相談場所として利用されるから、来ているに過ぎない。たまにフロアを覗くと自分と同世代の男が踊っているが、痛々しくて見ていられない。

――普通の薬より高級感はあるな。本当に売れんのか。

――イメージ戦略は広告屋とデザイナーの知恵を借りた。見た目次第で、売れ方は変わるからな。

薬剤師は得意げに言った。

グループには大手広告代理店の一員やデザイナーも出入りしている。誰もが本業以外の収益を、それも副業なんて馬鹿臭いので、一気に大儲けできる機会を狙っている。暴力団とは違い、正式な構成員という括りはない。コアメンバーは清水、田中、薬剤師を含め十人程度だ。六十歳手前から二十代まで年代は様々だ。後は時々に応じて入れ替わる。犯罪によって必要な知識が異なってくるためだ。固定メンバーの誰かが都度、必要な知識のある人間を引っ張ってくる。世の中、楽して儲けたい人間で溢れている。この三十年近く、稼げない人間が悪いという価値観を政府が植えつけ続けているためだろう。

——ふうん。一昔前のアイスみたいなもんか。

覚醒剤の名前をアイス、スピードなどと変えるだけで、馬鹿な連中は飛びついていた。清水は決して薬物を使わない。狂っている人間を間近に見てくれば、手を出す気は微塵も起きない。当時、東京生まれのぼんぼんだけでなく、上京したばかりの地方出身者などがいい獲物になったらしい。

——アイスか、懐かしいな。近からず遠からずだな。中毒性はこっちの方が強い。

薬剤師はほくそ笑んでいた。

グループの固定メンバーは元々港区《みなと》内のバーの常連同士で、表の仕事で客を融通しあっているうち、約十年前、裏にも進出しようと話がまとまった。振り返ってみると、一人の男によって引き返せないところに追い込まれ、まとめ上げられたと言ってもいい。

いつの間にか頭のてっぺんから爪先まで取り込まれたのだ。

薬剤師の男は風邪薬用に少量の薬剤を融通したところから始まり、処方箋がないと渡せない薬を持ち出すようになった。田中は学校の備品を少量横流しするところから始まり、男女問わず生徒の着替え風景の盗撮映像を流すはめになった。清水は不動産業を営んでいるため、大規模開発の噂を教えるところから始まり、業界で乱れ飛ぶ談合情報、瑕疵《かし》を黙っての物件売買の斡旋、物件や土地の額を吊り上げるための偽売買を手掛ける方向に追い込まれた。

——なにをびびってるんです？　今さら真っ当なビジネスマンを気取っても遅いですよ。噂が不動産業界に回ったら終わりです。多額の損害賠償請求を何件も受けた挙げ句、逮捕もされるでしょう。もう引き返せないんですよ。

そう言われた時、清水は腹を括った。括るしかなかった。悪党としても生きてやろうじゃないかと。どうせ独り身だ。行けるところまでいき、逮捕されたらそこで試合終了。全員を巻き添えにしてやろうと。

どうせこの国は悪党が仕切っている。政治家の顔つきを見ろ。大半は悪人だ。裏金作り、違法献金の受け取り、見返りのある斡旋。国民が違法行為で金を稼いで何が悪い？

まとめ上げた男は、メンバー全員に他人名義のプリペイド携帯を気前よく配った。高橋と名乗っているが、偽名だろう。自営業である限り、名刺の名前なんていくらでも作り替えられる。登記を調べて取引する者などいない。高橋は不動産、飲食店、イベント企画、小売業と様々な事業を手がける何でも屋で、名刺の名前が業態ごとに違う。得体が知れない。高橋だけがメンバーの本名を把握しているのだろう。

——他人名義の携帯なんて、どこで手に入れたんだ？

清水が尋ねると、高橋は眉を上下させた。

――知らない方がいいのでは？　蛇の道は蛇ってやつですよ。

清水は一度、高橋の会社の登記をとった。すべて違う名義で登録され、どれが高橋の本名なのか皆目見当がつかなかった。裏で破産者などの戸籍を買い漁り、登録しているのだろう。

現状、薬物は儲けの大きな柱となっている。売買は固定メンバーが順繰りに担う取り決めだ。リスクを冒して自分たちで売ってもいいし、闇バイトの応募者を使ってもいい。使い捨ての携帯でやり取りするので、駒が逮捕されてもこちらまで辿られない。

――海外から覚醒剤を持ってきた方が手間もかからず、安く済むだろ。

清水は薬剤師に聞いた。

――利益率が低い。サツの目にも留まりやすい。損して得取れって感じだよ。

アカもアオもムラサキも完売している。アイスやスピードが流行った頃と違い、ターゲットの年齢層はもっと低い。端的に言えば、しょんべん臭いガキどもだ。いまや歌舞伎町をうろつけば、どこでもすれ違う。あんなしょんべん臭いガキも金は持っている。

ミドリに関して、清水と田中が売りさばく担当になった。当初はムラサキの常習者を売人に仕立てようとしたが、歌舞伎町のビルから飛び降りた。『俺は無敵だ』と叫んでいたという。クスリで頭がいかれたのだ。

現状、闇バイトに応募してきた連中を三人使っている。裏切れないように連中の個人情報を握った。本人だけでなく、家族の分も。

ミドリはトー横キッズで薬物に目のない連中に広まっている。手持ちの分が完売すれば、一錠三万円を八万円に上げる予定だ。二週間前、そう聞かされた。

——値上げすんのは構わないけど、ガキに払えんのかよ。

薬剤師はにやりと笑った。

——仕事を斡旋して払わせりゃいいさ。働かざる者食うべからず。仕事の斡旋は高橋に任せりゃいいだろ。

——あくどいな。

——よく言うな。アカから始めて、機は熟したんだ。原材料費も高騰してるしな。

あの夜、田中にミドリを預けたのが間違いだった。翌日、闇バイトの連中に新たな分を渡すために、クラブでミドリを仕入れたばかりだった。売りすぎは供給過多を招き、希少価値が落ちる。そのため流通量を細かく調整していた。清水は西麻布で飲み続け、田中は歌舞伎町に出てトー横でガキを拾い、ラブホテルに連れ込んだ。田中は無類のガキ好きなのだ。奴にとって中学教師は天職だろう。

田中が寝入ったところ、連れ込んだガキがミドリを持って逃げた。一報を受けた時は怒りがこみ上げた。

何らかの失敗で損害が出た場合、自分たちで二週間以内に補塡《ほてん》するルールなのだ。三百万円程度はすぐに払えるが、支払い自体が業腹だ。連帯責任とはいえ、田中のミスなのだから。

翌日、本業に身が入らなかった。清水は港区で都心を中心とした物件を扱っている。仕事自体は楽勝だ。アジア各国から問い合わせがあり、富裕層に右から左に物件を売っていけばいい。面白みはない。

都内の不動産売買会社から独立し、会社を立ち上げた当初は楽しかった。リーマンショック直後だったため、物件がまったく売れない日が続き、必死に営業を行った。知恵を絞り、手を替え品を替え、足を動かし、口を動かした。金はなかったが、充実した毎日だったと言える。

中国の富裕層が世界的に台頭してくると、物件はあっという間に売れだした。金は手に入ったが、つまらない毎日が始まった。

今日で世界が終わっても別に構わない。そんな面白みのない灰色の日々に飽き飽きし、顧客だった件《くだん》の薬剤師に誘われ、西麻布のバーに通い出したのが運の尽きだったのか、幸運の始まりだったのか。

闇バイトの連中は足元を見られるリスクがあって使えず、自分たちだけで田中からミドリを奪ったガキを翌日に見つけた。ガキは歌舞伎町にいて、防犯カメラやライブカメラの目が届かない位置で確保した。肝心なミドリを持っていなかった。途中で捨てた、どこだったかは憶えてないと言い張るばかりでらちがあかなかった。

そこでガキを建設がストップしている分譲マンションに連れ込んだ。あとは売るだけという段階で建築基準法の高さ制限違反が発覚し、解体にも大金がかかるために塩漬けになっている渋谷区内の建物だ。清水はつてで出入り口の鍵を入手し、その一室を荷物置き場に利用していた。

一週間をかけ、ガキをカラフル漬け――ヤク漬けにした。田中はその間、ガキとヤリまくった。

清水の目の前でも。胸もろくに膨らんでない相手によく欲情できるものだ。呆れてくる。

ガキの行方不明者届は出されていないようだ。ネットやテレビでニュースをチェックしたが、該当する報道はない。トー横にいた点から想像すると、ガキに無関心な家庭なのだろう。ネグレクトというやつか。どうでもいい。

薬物の中毒性に耐えきれず、ガキは白状した。仲間が薬物で駄目になっていく姿を見て、いても立ってもいられずに盗んだという。トー横キッズにも仲間意識があるのは驚きだったし、見上げた心意気だが、相手が悪かった。

ガキはよだれを垂らしながら、涙を流し、薬が欲しいと叫んだ。清水はミドリをどこに隠したのかを尋ねた。見つかれば、ミドリを飲ませてやるという条件で。ガキは泣き叫びながら言った。

歌舞伎町で偶然出会った、同じ年頃の男女に預けた——と。

約束通りミドリを与えると、自ら進んで田中にまたがっていた。

闇バイトの売人だけでなく、売人を通じて常連客にもミドリが他で売られていたら教えるよう手配した。情報をもとにした回収は自分たちの手で行わねばならない。売人や常習者はくすねたり、幾ばくかを要求してきたりするに違いない。

助手席に置いている電話が鳴った。手に取り、耳に当てた。

「首尾はいかがです?」

高橋だった。

「手がかりは摑んだが、逃げられた。サツが出張ってきてな。田中が引っ張られた。口を割りはしないさ」

「でしょうね。口を割れば、刑務所を出た後にどうなるのかはわかってるでしょうから」

高橋はさらりと言った。この男、口調は丁寧ながらも声の芯に毒がある。使い捨ての道具にされるのか、はたまた……。愉快な想像にはならない。

「手を借りられないか。歌舞伎町の防犯カメラ映像を入手してほしいんだ。ミドリを奪ったガキどもの顔をプリントアウトしたい」

「できなくもないでしょう。場所は特定できるんですよね」

「ああ」と清水は応じた。

高橋の守備範囲は広い。手を尽くし、防犯カメラ映像を集めるのだろう。まるで警察じみている。

ガキどもに近づいた場所を伝えた。田中が確保された場所とも言い換えられる。田中が動けなくなったいま、自分がやる以外にない。

「期限まであと一週間ですね」

「言われなくてもわかってるよ」

「何よりです。そうそう、例の少女はどうしました?」

「拉致したままだ。手錠に繋いであるし、猿ぐつわを噛ませてるから逃げ出したり、どこかに連絡したりはできない」

清水としてはさっさと放り出したいが、田中がせっかくのおもちゃを手放したくないと言ったのだ。場所代として一日三万円を払うように告げると、田中は即金で十日分を払った。田中も独身なので金をいくらでも自由にできる。

「餌を与えなくていいんでしょうか」

「一日、二日放っておいても死なないさ。田中もどうせ明日までには解放される」

「なるほど。その後の処置はどうする気で？」

「聞くまでもないだろ」

「承知しました。こちらはひとまず、粛々と防犯カメラ映像は手配しておきます。薬剤師さんによると、あれは傑作らしいので我々の手に一日でも早く戻ってくるのを祈っています」

祈りじゃなんも解決しねえよ、と清水は胸裏で独りごちた。


毛利は街の陰に溶け込み続けていた。誰も毛利の存在を気にも留めない。ただ周囲を通り過ぎていくだけだ。

あっという間に時間が流れていった。十一時過ぎ、歌舞伎町の賑わいは衰えないどころか、深夜に向けて人出がますます多くなっている。朝まで営業する店など、この街には腐るほど存在する。風景に溶け込むため、スマホの画面を覗いた。日本中どこでもスマホを覗いていれば大抵怪しまれない。

ＮＨＫのサイトでは、神奈川県の山中で十九歳から十五歳の男女の集団自殺があったと報じている。自ずと眉根に力が入った。

毛利は自殺を認めていない。父親の死を認めてしまうことになる。母親の死から逃げただけの父親を決して肯定できない。

他人を殺すのが犯罪なら、自分を殺すのも犯罪だろう。

ただし、例外的に認めてもいい自殺がある。最近、死刑になりたいからと無差別に他人を襲う輩《やから》が全国にいる。そういう連中は他人を傷つけず、さっさと自殺すればいい。どうぞ勝手に死んでくれ。

毛利の視線の先で動きがあった。山内と会っていたマルボウが億劫そうに飲み屋ビルから出てきた。ホステスらの見送りはない。

「例の男が出てきました」

毛利が告げると、了解、と佐良が応じた。

「二人はそっちを頼む。今後に備え、ヤサを突き止めておきたい。マルタイはまだ聞き込みを続けそうなんでな」

「わかりました」

「皆口も了解です」

マルボウの男は二軒目に向かうのか、帰宅するのか、歌舞伎町をぶらぶらと歩いている。途中、いかにもその筋の連中とすれ違っても、男は素通りだ。お互い、滅多なことがない限り不可侵なのが暗黙のルールなのだろう。余計なトラブルを避けられる。

毛利は時折客引きに声をかけられ、適当にあしらって進んだ。皆口もどこかでホストクラブの客引きにあっているはずだ。客引きは法律で禁じられているが、日本全国から消える気配はないし、取り締まりの手も回らない。

男は歌舞伎町を出て、花園神社の前の道を四谷方面に歩いていった。車が引っ切りなしに通りを行き交っていく。通り沿いにはちらほら店がある程度だ。

曙橋《あけぼのばし》から荒木町《あらきちょう》に下りた。男は結構な距離を歩いている。古いマンションに入っていった。都心に見かける、昭和四十年代から五十年代にかけての、手の込んだ造りのマンションだ。現代のマンションでは当たり前のオートロックではない。

「俺が行きます」

「じゃあ、お願い」

毛利がマンションに入った。管理が行き届いており、綺麗なエントランスだ。エレベーターは四階で止まっている。

「四階です」

「オーケー。少し待機して」

皆口に言われ、毛利は郵便受けが並ぶ位置に移動した。部屋番号を見る限り、マンションは七階建てで、ワンフロアに十室あるようだ。

「右から三番目の部屋の電気が点いた」

「四〇三か四〇七号室ですね。四〇三は、色の赤に根っこの根で『赤根《あかね》』。四〇七は織田信長の

『織田』です。下の名前まではわかりません」

「明日割ればいいよ。女の部屋かもしれないし」

その通りだ。

「皆口さん、車を持ってきてもらえませんかね。さすがに一晩中外で張り込みってのもきついんで。女性に一人で立たせておくわけにもいきませんし。こういう発言にも目くじらたてる人がいるんでしょうね」

「私は気遣ってくれてありがたいよ。途中、佐良さんがヘルプに入らなくてもいいのを祈っておいて」

明朝はルームミラーでの笑顔の確認になりそうだ。

四章　亀裂

1

「マルタイと会った男の名前は――」佐良が説明していく。「赤根彰《あきら》、四十三歳、指定暴力団保月組二次団体大蔵会の幹部です。大蔵会の本拠地は池袋にあり、赤根は歌舞伎町に事務所を構えています。中藤興業は表向きの看板でしょう。皆口と毛利が張り込んだビルの三階です。また、赤根のヤサはお手元の紙に記してあります」

午後三時半、毛利たちは小さな会議室で能馬に報告していた。マルタイとマルボウとの接触が確認されたのだ。午前中、マンションの管理会社に連絡をとり、昨晩男が帰宅した後に電気の灯った部屋が四〇三だと確認した。

能馬が手元の紙を一瞥《いちべつ》した。

「大蔵会のシノギは？」

「組対のデータベースによると、闇カジノ、いわゆるぼったくり飲食店の経営、その他飲食店のケツモチ、中古家電などの輸出も手がけているようです。赤根は闇カジノや賭場に深く関与しています」

佐良は何も見ずに返答した。

「そこまでわかっていて組対は動いていないのか」

「より地下深くに潜られたり、新たな場所で闇カジノを開かれたりするより、把握できたままの方がいざという時に対処しやすいからでしょう」

なるほど、と能馬が紙を長机に置いた。

「少年事件課とは接点がなさそうなシノギばかりだな」

「ええ。山内の経歴をもう一度洗い直しましたが、所轄時代も含め、マルボウと深く関わる捜査はありませんでした。むろん、捜査で接触したことは何度もあるでしょう」

佐良が言った。

先ほどまで毛利が洗い直していた。どんな部門に所属していようと警官でいる限り、捜査で暴力団と接するケースも多い。もしくは二人はプライベートで知り合ったのか、飲み屋などで意気投合した線もありうる。

「赤根個人について評判は？」

「大蔵会は戦後すぐに登場した愚連隊を母体としているので、かつてはかなり武闘派だったそうです。十年ほど前、赤根が幹部になるとがらりと雰囲気が変わったとか」

「よく調べたな」

「毛利の調査に加え、組対の知り合いから情報を仕入れました」

佐良がさらりと言った。捜査一課なら組織犯罪対策課とも近い。知り合いはいるだろう。監察は忌み嫌われており、近づくことすら厭われるものの、佐良は必要な情報を聞き出している。捜査員としての腕だけでなく、人格も一因だろう。

「切れ者なんだな」

「一言でまとめるなら。がらりと組の雰囲気を変えた以上、赤根はいざという時を除き、血を好まないタイプなのでしょう。マルボウにかなり厳しいこのご時世でも、羽振りは相当いいようですね。ただ、単なる山内の情報屋という線もあります。マルタイの私用携帯の分析も始めるべきかと」

佐良が提案すると、能馬が小さく頷いた。

「そうだな。毛利、やってくれ」

「承知しました」

「例の車はどうなっていますか」と佐良が訊いた。

「埼玉県警と話をつけ、そのままにしてある。赤根に当たる気か」

「まだ当たって話を引き出せるほどの材料がありません。喫茶店で金を渡したり、もらったりしたわけではなく、話していただけです。内容は聞き取れませんでした」

能馬が長机に肘をつき、手を組んでそこに顎を置いた。

「いい判断だ。皆口、聞き取り対象者のピックアップは終わったか」

「正直、まだ進めていません。昨日は昼から急に動いたので」

「仕方ない。早く進めてくれ。例の車と言い、マルタイの行動には不可解な点が多い。本腰を入れた監察に移りたいな。とはいえ、他のメンツも別件にかかりきりだ」

「ではこのまま三人で？」

「いや、人員を一人増やす。ちょうど手の空いた人間が一人だけいる。今回は佐良が仕切りの山だ。誰がどちらを行確するのか、誰が聞き取りをするのかを佐良が決めろ」

「了解です。誰が加わるんです？」

「私は次の会議があるからこの辺で失礼するが、もう一人をここに来させる。四人で相談してくれ」

　能馬が席を立ち、会議室を出ていった。

「私用携帯の分析、声が弾んでたね」と皆口が言った。

　能馬の指示に声を弾ませたつもりはない。皆口にはそう聞き取れるほど、濃い時間を共有しているのか。

「得意分野なんで」と毛利は応じた。「佐良さん、ＳＮＳのアプリでのやり取りも欲しいですよね」

「できるのか」

「裏技を使わなくても、電話番号で紐付けすれば正攻法で手に入ると思います。我々は警察ですからね。消えたメッセージまではまだ辿れませんけど」

「残っているものだけでも参考になるさ」

毛利は心の底が少し熱くなったのを感じた。自分はこの二人の役に立ちたいのかもしれない。少なくとも足を引っ張りたくない。サイバー犯罪対策課にいた際、仕事でこんな感覚になった記憶はない。仕事はどこまでいっても仕事なので、粛々と進めていた。

「中西さんたちの誰かが加わってくれるんですかね」と皆口は言った。

「さあな。すぐにわかるだろ」

「マルタイ周辺への聞き取り、どうします?」

「行確のタイミングによるな。マルタイの動きはある程度予測できるが、赤根の動きは摑みにくい。俺と毛利はマルタイを、皆口は助っ人と赤根の行確。毛利には折を見て、別途関係者の聞き取りをやってもらう」

「俺がですか?」

誰から聞き取るにしても、自分では押し出しが弱い。幹部クラスが相手となれば尚更だ。警察は階級がものを言う組織だ。

「大丈夫だ。今の毛利になら任せられる」

できるだろうか。毛利は奥歯を嚙み締めた。できるかどうかではない。やるのだ。自分に任せられた業務なのだから。これは個人としても、職業人としても必要の範囲でもある。

ドアがノックされた。

「どうぞ」と佐良が応じる。

ドアが開き、須賀が入ってきた。

清水は肩で大きく息を吐いた。まもなく午後四時。全身が筋肉痛だ。穴掘りなんて人生で初めての経験だった。しかも深夜の山奥で。

昨晩遅く、田中から一報が入った。

——まずい、ガキが死んでる。

——なんでだよ。たった一晩放ってただけだろ。

ミドリの過剰摂取で体がもたず、一人でひっそり死んだのか？

——何が起きたかなんて知らねえよ。さっきサツのとこから帰ってきたんだ。そっちは安心してくれ。何も喋ってねえ。

当たり前だ。喋っていたら、田中は帰宅できていない。歌舞伎町で逃げたガキどもの証言もなく、警察も田中を放免したのだろう。

——自宅の前にガキのとこに寄ったんだな。

田中にも塩漬けマンションの出入り口の合鍵を渡してあった。どちらかが最低限の食べ物や水を運ぶためだ。

——まあな、心配だろ。

深くは詮索しなかった。取り調べで受けたストレス解消のため、ガキと一発ヤろうとしたに違いない。性欲の塊のような男だ。

その後、清水も車で塩漬けマンションに向かった。車中でどう対処すべきかを一人で決めた。到着するなり、ガキを山に埋める提案をした。

——ばちがあたりそうだな。

柄にもなく、田中が一瞬尻込みした。

——今さらなに言ってんだよ。

清水は田中の肩を小突いた。

——じゃあ、山梨だ。

——なんでだよ。樹海でこっちまで迷子になるのはご免だぞ。

——心配すんな。勝手知ったる山がある。

田中は登山やキャンプが趣味だった。

車にガキの遺体を運び込み、後部座席に毛布をかけて寝かせ、高速道路で一路山梨県に向かった。誰かに手伝わせるわけにはいかなかった。

——場合によっちゃ、明日は学校を休めよ。忌引きでもなんでも理由をつけて。

——平気だ。七時までに東京に戻れれば問題ない。

山梨の山中にガキを埋めた。ガキを拉致監禁したことがバレれば、防犯カメラ映像などで足がつくリスクはあるが、死体をそのままにしておく方がまずい。腐り始め、ニオイが周囲に漏れてからでは対応できない。塩漬けになっても窓が閉まったマンションとはいえ、どこから臭気が漏れ出すか知れたものではない。

——ガキが死んだって親は気にしないのかもな。

田中は若干不憫《ふびん》そうな口ぶりだった。

——愛着が湧いたのかよ。

——袖振り合うも多生の縁って言うだろ。

てめえは袖振り合う以上の行為をしただろうが。清水は胸裏で吐き捨てた。

——ガキが死んだって高橋に言うのか？

でかい図体の割に田中は不安そうだった。

——まだ言う必要はない。それに、ガキが一人死んだってあいつは痛くも痒くもない。

高橋の慇懃《いんぎん》無礼な物言いを耳にしたくない。

東京に戻ってきたのは今朝方だった。田中は欠伸《あくび》一つせず、出勤のために自宅に戻っていった。体力馬鹿なのだ。清水は体調不良で会社を休もうかとも考えたが、普段と異なる振る舞いはすべきではないと思い、出社した。案の定、体がだるく、頭も冴えない。

「社長、いつになくお疲れのようですね」

社員の一人に声をかけられた。

「まあね。あまり眠れなくてね」

清水は笑みを投げ、お茶を濁した。

携帯には歌舞伎町で逃げられたガキどもの画像が届いている。きっちり正面から映っている防犯カメラ映像だ。

どうやって居場所を辿っていくか。堅実にＳＮＳで居場所を探っていくのが近道だろう。スマホ、ＳＮＳはガキ世代の命綱なのだから。

命綱は命取りにもなる。


「どう？　似合う？」

「よく似合うよ。その服、買ったの？」

「そ、地元で。星輝に会うために。上から下まで全部新しい服と靴」

美雪はにっこりと笑った。美雪は不登校なので、三崎が学校に行っている間に買ったのだろう。私立中学に通っていることにすれば、いつ休みでも不思議じゃないから店員に何か問われても適当に言い逃れできる。

三崎は六時間目の授業が終わった後、すぐに帰って着替え、歌舞伎町じゃなく、渋谷駅近くのファミリーレストランで美雪と落ち合っていた。千葉からも埼玉からも少し遠くなったけれど、会えないよりはましだ。

店内には制服姿の高校生の姿も多い。ファミリーレストランと言っても、メニューはそれなりの金額だ。裕福な家庭の子どもに違いない。自分や美雪とは住む世界が違う連中なのだ。トー横キッズたちとも違う。世界は平等でも公平でもないのだとこういう時にも実感する。

「いくらかかったの？」

「トータルで三万円くらい」

美雪は平然と言った。ミドリの売上げはきちんと等分している。美雪は取り分のうち、かなりの割合を使ったことになる。

「今はあんまり無駄遣いしない方がいいよ」

「なんで？　星輝のために買ったんだよ」

「うれしいけど、俺たちはしばらく稼ぎがないんだ。ほとぼりが冷めるまで、細々と生きていないと」

「そんなの楽しくないじゃん」

「今は我慢しようよ。後々楽しくなるんだから」

美雪は表情を引き攣らせた。

「いつ？」

「そんなのわからないよ」

「じゃあ、いつから売れるの？」

「それもわからない」

「だったらじっとしてないで、別の場所で〈あれ〉を売ればいいだけじゃん。今だって持ってるんでしょ」

「ああ。外出する時はいつもね」

持ち歩くのはリスクがあるけれど、自宅に置いたままにはできない。いくら親が自分に関心がなくても、万が一部屋を探られたら困る。警察に相談でもされたら面倒だ。鞄の奥にしまって、学校にも持っていっている。急に荷物検査があった時は、めまいの常備薬と言うつもりだ。三崎はポケットをそっと叩いた。

大丈夫だ。音はしない。緩めのズボンなので目立たない。

「もう〈あれ〉を渡してきた女の子と会う気はないんでしょ？　もう売っちゃってるんだもん。どんどん売ろうよ。さっさとどこかに部屋を借りられるお金を作ろうよ」

「そりゃ、あの女の子と会う気なんてもうないよ。〈あれ〉を売って、お金を作るチャンスだって逃したくない。でも、だからこそなんだ。しばらく売るのは止めようって言ったろ。今は危険すぎる」

「わたしと会いたくないの？」

「そんなことは言ってない」

「言ってるも同然でしょ」

話が噛み合わない……。これまで周囲の同級生と向き合ってこなかったつけが回ってきているのか。どうやって納得させたらいいのだろう。急に不機嫌になられても、どうしたらいいのかさっぱりだ。

しばらく二人とも黙っていた。

「もういい、帰る」

美雪が突如席を立ち、出入り口に向かっていく。

どうすればいいんだ？　三崎は手を伸ばしかけただけで引き留めることも声をかけることもできず、彼女の背中を見送るしかなかった。

ファミレス内はざわめきで満ちていた。

中途半端な位置にある手を下ろし、美雪が食べ残したパフェを見つめる。アイスが溶けてすっかり形が崩れ、容器の表面には水滴が浮かび、一筋流れていた。

三崎は文字通り頭を抱えた。どうしてわかってくれないのだろう。いま〈あれ〉を売るのはかなり危険なのだと。焦る時ではないのだと。

パンケーキのいい匂いが香ってきて、腹が鳴った。

こんな時でもパンケーキを胃に収めた。もったいなくて残せない。美雪が残したパフェも食べると、三崎はファミレスを出た。

大勢の間を、とぼとぼと一人で渋谷駅に歩いていく。つい一時間前に同じ道を通った時は何も思わなかったのに、通り沿いのビルや通行人がくすんで見えた。

スクランブル交差点を渡り、センター街の方を振り返った。

角のビルにある大画面に、中学二年生の少女が一週間前から行方不明になっているという文字ニュースが流れていた。

2

毛利は眉根を揉み込んだ。山内は相勤と歌舞伎町に聞き込みに来ていた。昨晩までと異なるのは、四時から動き始めた点だ。

現在の時刻は六時過ぎ。歌舞伎町には外国人観光客の姿が多く、夜のあの独特のけばけばしい雰囲気が徐々に生まれだしている。

マルタイが昨日より早い時間から動いた理由を、佐良が能馬経由で探ってくれた。多摩《たま》市に住む中学二年生の少女が一週間前から行方不明になっている事態を受け、少年事件課も動いているという。

大人が一週間行方不明になった程度では、事件事故の可能性が高くない限り警察は動かない。子どもだと違う。所轄が手に負えないとなれば、本庁捜査一課の専門係が動く。同じ刑事部という関係で少年事件課に一報が入り、山内たちも動き出したのだろう。

行方不明者届は一週間も出されていなかったという。子どもの動向に関心が薄いのか、両親がともに出張などで自宅にいなかったのか。中学生でも金さえあれば、なんとか生きていける世の中だ。

子どもといえば、昨日歌舞伎町で皆口が取り押さえた男は中学校の体育教師だったらしい。元教え子を追っていたところ、皆口に抑え込まれたと言い張り、釈放されたそうだ。毛利の学生時代、脳みそまで筋肉になっている、高圧的な体育教師は多々いた。雰囲気もマルボウのようだった。現在もあんなタイプが生き残っているとは驚きだ。

反社や共生者の雰囲気は何だったのだろう。自分も皆口もレーダーが誤作動したのだろうか。気になるものの、今回の監察業務には無関係すぎる。洗う時間はとれない。

早くもトー横キッズたちが集まり出し、あちこちで固まって談笑している。嘘くさい笑顔もある。遠い地方から来たのか、キャリーバッグを引きずる子どもも多い。行方不明の少女もトー横キッズだったのだろう。

「いま、毛利にも転送した。少女の身元に関する情報や画像だ。一応、能馬さんから送ってもらった」

イアホンから佐良の声が流れた。毛利は佐良と、山内を行確している。須賀と皆口はマルボウの赤根を行確中だ。

山内を視界に入れつつ、スマホを取り出し、画面を開いた。下川瑠璃《しもかわるり》、十四歳、身長一五八センチ、体重四十一キロ。家を出た当日の服装は不明とある。両親が不在の時に出かけたのか。添付の画像を開いた。

毛利は目の奥が痺《しび》れた。この少女に見覚えがある。どこで見かけた？　下川瑠璃の世代を見かける機会は少ない。

そうか。ここだ。歌舞伎町で見かけた顔だ。どうして印象に残っているのか。毛利は記憶の糸を辿っていく。

山内たちが行方を追った少女——。あの日以来、歌舞伎町では見かけていない。まさにあの日に行方不明になったのかもしれない。

「画像の少女、歌舞伎町でマルタイが追いかけてました。皆口さんも憶えてると思います」

「だとすると、マルタイは取り逃がした失敗を悔やんでるだろうな」

「万一の事態になっていると？」

「言いたくないが、十中八九な。両親は娘がいなくなっても気づかず、一週間なにもしなかったんだろう。そんな両親のもとを離れるのは合点がいく。だが、マルタイたちまで動員されているというのは、スマホの位置情報もないって状況を意味する。今時の中学生にとってスマホは命綱だ。たとえ学校に行っていなくても、繋がりのある人間はいるはずだ。普通なら、その人たちと連絡が取れなくなる状況は耐えられない。つまり普通の状況じゃない」

佐良は元本庁捜査一課の人間だ。事件事故の筋読みには説得力がある。

「相勤から離れたな」

佐良が言った。確かに山内が相勤から離れ、道路の隅に立った。まだ灯っていないネオン看板の下、ジャケットの内ポケットからスマホを取り出し、耳に当てた。顔は向こうをむいており、口の動きは確認できない。

「佐良さん、口の動きは見えますか」

「いや。そっちも駄目か」

「残念ながら」

こちらの行確に気づいたわけではないだろう。運の問題だ。山内はスマホを耳に当てたまま、歌舞伎町の狭い空を仰いでいる。捜査一課からの連絡だろうか。遺体が発見されたとか。

「回り込みますか」

「下手に動くのはやめよう。明日、通話相手を割ってくれ」

「任せてください」

毛利は腕時計を見た。六時十二分。その数字を頭に刻み込んだ。

山内が通話を終え、スマホを胸ポケットに戻した。もう一度、空を仰ぎ、相勤のもとに歩き出した。

山内は相勤に頷きかけるだけで、特段言葉を交わす気配はない。二人はまたトー横キッズたちへの聞き込みを始めた。少女の遺体が発見されたわけではないらしい。そうなら現場に出向くはずだ。

「もどかしいですね。俺たちは膠着状態のマルタイたちを一週間以上見てきたんです。一緒に少女の行方を捜していれば、発見とはいかずとも端緒なら見つけられたかもしれません。我々の行確も新たな展開を迎えていたかも」

「素直じゃないな」

「監察に素直な人間なんているんですか」

監察に限らず、素直な人間は生きづらい世の中だろう。正直者が馬鹿を見るという言葉は、世の真理なのか。

「くせ者揃いなのは確かだな」
佐良の口調はどこか嬉しそうだった。

三崎は渋谷駅から混み始めた埼京線に乗り、ドア前に立って窓の景色をぼんやり眺めていた。一秒ごとに自分の体が空っぽになっていく気がする。

美雪と会う前なら、こんな気持ちにもならずに済んだ。こんな胸苦しくなるのなら、いっそ美雪と出会いたくなかったとさえ思えてくる。

また一人になってしまった。学校でも、街でも、どこでも周りに誰かがいても、自分は一人。慣れきった感覚だったはずなのに胸の底が痛い。

車内では大抵の人がスマホを手に何かを検索しているか、ゲームをしている。赤羽《あかばね》駅を過ぎ、埼玉県に入った。三崎もスマホを取り出し、指を動かしていく。ここ数日の癖で、ミドリについて検索していた。

血の気が引いた。

『トー横で噂のミドリ売ります　渋谷センター街』

美雪だ。

アカウントは、三崎が知っている美雪のものじゃない。新しく作成して、メッセージを投稿したのだろう。ファミレスを出た後、センター街に向かったのか。１０９の近くでは人は集まるけど、目立ってしまう。適度に人が集まり、誰もが知っている場所としてセンター街を選んだに違いない。

かなりまずい内容だ。歌舞伎町で絡んできた連中はミドリの情報に網を張っているに決まっている。トー横キッズとは違い、大人は行動範囲も広い。歌舞伎町から渋谷なんて近い。

三崎は次の駅で降り、美雪に連絡を入れた。ＳＮＳでも返信はない。アプリの無料通話でかけても出ない。

喉が渇いて、耳の奥の方では速くなっていく脈音が聞こえ、脇の下が汗ばんできた。お腹も痛くなってくる。

たったあれだけのすれ違いで、どうしてこんな馬鹿な真似ができるんだろう。まったく理解できない。慌てて売る時期じゃないのに。でも、放っておけない。三崎は早足で反対側のホームに向かった。階段を一段飛ばしで駆け上がり、駆け下りる。

連中に見られないうちに、美雪の暴走を止めなきゃ。

アナウンスが流れた。急病人が出た上、人身事故があり池袋・渋谷方面行きが大きく遅れるという内容だった。

どうしよう……。かなり時間がかかる。スマホの画面に目を落とす。ミドリの宣伝は消えていない。世界中に危険を知らしめているのに、美雪はなんでリスクに気づけないのだろう。

気づいているのにあえて？

だとすれば何のために？

おれへのあてつけ？

清水はため息を押し殺した。ただでさえ体も脳もくたびれているのに、こんな街に来ないといけなくなるとは。

渋谷のセンター街はかつてと比べると人は減ったが、他の街に比べれば今でも賑わっている。清水が高校生の頃は昼も夜も若者で溢れかえっていた。センター街が高校生で占拠されていたと言っても過言ではない状況で、渋谷は行き場のない若者を収容する場所だった。

どうしても好きになれない街だった。清水の目から見ると、かつても今も魅力的な店はない。ごみごみしているだけだ。

清水は高校生の頃、他に行くあてもないので仕方なく仲間とこの辺りをよく歩いた。センター街の裏路地や隠れ場所には通じている。当時と明らかに異なるのは、あちこちに防犯カメラが設置されている点だ。

三十分前、田中から連絡が入った。渋谷センター街でミドリを売るというメッセージがＳＮＳにあがったと。

清水は品川での外回りを切り上げ、渋谷に急いだ。田中も仕事を早めに切り上げ、車で渋谷に向かうと息巻いた。

そして十五分前、渋谷駅で落ち合い、別々にセンター街に入った。清水はさりげなく視線を巡らせていく。暇そうな大人と若者連中、センター街を通路代わりにどこかに急ぐ会社員。

今日は小娘だけか？　路地の片隅に立ち、スマホの画面を見つめている。周囲の気配を感じ取れる注意力もないらしい。

いた──。

清水は一応、目玉だけで辺りを見回した。男のガキはいない。隠れている雰囲気もまるでない。スマホを取り出し、田中にメッセージを送った。

小娘の確保は田中の仕事だ。元々、あいつのへまから始まった。防犯カメラに小娘と接触している場面が記録されるリスクを背負ってもらう。

手間をかけさせやがって。清水は煙草が吸いたくなった。だめだ。歩き煙草は控えよう。このご時世、目を引く。

『例の場所で待つ。逃がすなよ』

田中にもう一通メッセージを送り、清水はセンター街を出た。しばらく歩き、コインパーキングに入った。平成初期からある、個人経営のコインパーキングだ。防犯カメラはない。流動メンバーの一員がいまはオーナーになっている。こういう時のために常時ワゴン車を用意していた。人をさらうのも、何か取引するのも容易になる。鍵はメンバー全員が所持している。

清水はワゴン車に乗り込んだ。すべての窓にスモークを貼り、外から中が見えないようにしている。むろんナンバーも偽造だ。偽造ナンバーなんて数万円を払えば裏で簡単に購入できる。高橋と付き合うようになり、そんな裏社会の一部を垣間見てきた。ナンバーから身元を辿られるリスクと天秤にかければ、極めて安い買い物だろう。

運転席の背もたれに体を預けた。

数分後、ワゴン車のスライドドアが開いた。おら、入れ。田中が華奢《きゃしゃ》な背中を突き飛ばすようにして小娘を車内に押し込んだ後、続いて入ってきて、スライドドアが閉まった。

小娘の顔は青ざめ、引き攣っている。ここまで大声を出す余裕もなかったらしい。田中も相当脅したに違いない。腕でも捻り上げ、大声をあげたら折るとでも言って。歌舞伎町とは異なり、今のセンター街でパトロールはあまりされていない。今回は警察に邪魔されなくて何よりだ。

清水は運転席と助手席の間から体を乗り出し、後部座席に移った。

「ミドリは売れたか」

小娘の返事はない。

「いくらで売る気だった?」

小娘は答えない。

清水は煙草に火を点けた。煙を吐き出し、煙草の先を小娘の顔面に突きつけた。

「失明したいか?　嫌なら答えろ。いくらで売る気だった?」

「……一錠三万円」

「市場価格をよく勉強したみたいだな。賢明な値段設定だ。いま、どれくらい持ってるんだ」

小娘が口を結んだ。

清水は小娘の前髪に煙草の先を押しつけた。たちまち髪が焦げる臭いが漂い、小娘は顔を反らせた。

「お前が失明しようが、顔に傷がつこうが知ったこっちゃない。二度目はない。質問に答えろ。いま、どれくらいミドリを持ってる？」

「五十錠くらいです」

「百五十万か。いい小遣いになるな。中学生だろ？　中学生にとっちゃ、かなりの大金だ。ほとんどの中学生が目にできない額だ。その調子で答えてくれ。質問に答える限り、俺はお前に何もしない。する気もない」

清水は煙草を咥え、深く吸い、灰を手の平に落とし、握り締めた。

「残りはどうした？」

「わたしは持ってません」

「どうせ後で鞄の中を調べさせてもらう。嘘はなしだぞ。売っぱらったのか」

「いえ」

「なら誰が持ってる？」

小娘は顔を伏せた。

「この前一緒にいた男の子です」

「連絡先はわかるか」

「はい」と小さな声だった。

「スマホに登録してあるか？　名前は？」

「ラインにあります。『星輝くん』って」

「スマホを渡せ」

小娘は素直にスマホを出してきた。清水は指先を動かした。確かにやり取りの記録も残っている。

「既読スルーか。喧嘩でもしたのか」

「……はい」

「喧嘩はよくないな。仲良くした方がいい。ミドリを盗んだ時点で、お前らは一蓮托生になったんだ」

「いちれんた……？」

「意味は学校で教えてもらえ」

「学校は嫌いです」

「なら本を読め、辞書で調べろ」

「あと、盗んでません。預けられただけです」

「誰に？」

「名前は知りません。歌舞伎町にいた時に――」

小娘がとつとつと経緯を話していく。山に埋めたガキの説明ときっちり一致している。嘘ではあるまい。こいつらは巻き込まれた恰好だ。運がなかったと諦めてもらおう。

「お前のアドレスやアカウントで連絡を取れば、残りのミドリを持っている小僧を呼べるか？

喧嘩したから無理か？」

「多分、できます」

「残りの五十錠を取り戻せたら、お前の分の五十錠を買ってやるよ」

「え？」

小娘は目を丸くした。当たり前か。破格の申し出だ。

「お前から買った分を市場価格に上乗せすりゃいいだけだ。何の問題もない。なにか不服か？」

「まさか。驚いただけです」

ちょろいもんだ。罠に嵌《は》まったと気づいていない。中学生の小娘なら気づくはずもないか。

「星輝君にも何もしませんか」

「ミドリを返してくれりゃ、何もしないさ。お前ら、中学生には分不相応な大金を稼いで何がしたかったんだ」

「部屋を借りたかったんです。一秒でも早く、うちを出たいから」

「両親と喧嘩でもしてんのか」

「……親は関係ありません。父親はいませんし」

「歌舞伎町やら渋谷に来てるのを知ったら、心配するだろ」

小娘は小さく首を振った。

「しないと思います。何回か家出しても、携帯に連絡なかったですし。子どもに関心がないんです。関心があれば……」

小娘は言い淀み、うつむいた。喧嘩はしていないといっても、母親と折り合いが悪いのだろう。よくある話だ。

「娘に関心が向かないほど忙しい母ちゃんなのか」

「県会議員がどれくらい忙しいのかなんて知りません。世間体が悪いから学校に行けって怒鳴ってきた時もあるし、自分のことしか考えないんです」

へえ、県議ね。自治体だろうと、国政だろうと、議員なんてそんなもんだろう。辞書で政治家とひいたら、『役立たず、金の亡者』と書いていてほしいくらいだ。

「ふうん。部屋なら融通してやるよ」

「ほんとですか」

「ちょうど渋谷に空いてる部屋がある。もう一人の小僧はミドリを持ち歩いてんのか」

「はい。家には置いておけないからって」

「そうか。小一時間、そのデカい男と飯でも食ってこい」

「お腹空いてません」

「なら、おとなしくジュースでも飲んでろ。頼むぞ」

清水が言うと、田中がにやりと笑った。

小娘はこれから別の車で例の塩漬けマンションに運ばれる。田中は今にもいきりたった股間を剝き出しにしそうな顔をしている。

小娘の名前なんて聞く必要もない。三日後には東南アジア送りになる。小娘に払った金はその時に回収すれば済む。小娘が消えても、母親はまたプチ家出だとたかをくくるだろう。母親との接触は避けられそうだ。その間にすべてを終わらせてしまえばいい。

日本では年間約八万人もの行方不明者がおり、その約二割は二十歳未満だ。また、世界にはアジア人の未成年を高く買う輩がいる。高橋によると、幼ければ幼いほど高い値がつく闇市場も存在するらしい。いまだに密航させる手段はいくらでもあるのだ。海上で背乗りさせればいい。スマホ一台で何でも手配できる。これまでも何人ものガキどもを海外に送り込んだ。その後、連中がどうなったのかは知らない。知る気もないし、必要もない。

「大切に扱えよ」

清水は田中に釘を刺した。小娘の声を聞かせないと、もう一人の小僧が出てこない恐れもある。その時、小娘が正気を失っていたら困る。

「わかってるさ」

「腹が減ってないといっても、ケーキと紅茶くらいは用意してやれ。そうだ。その駄賃は先にもらっておこう」

清水は小娘に言った。

3

『いま、いい?』

よかった。美雪からメッセージの返事があった。三崎はほっとした。埼京線はまだ動いていないけれど、どこかで落ち合った方がいい。

『いいよ。あいつらは来てない?』

『大丈夫。渋谷に来れる?』

『今からいく』

『センター街で待ってる』

『場所を変えよう。原宿はどう?』

『なんか嫌。センター街のお店にいる』

それなら平気か。さすがに店内では手荒な真似はできない。大声を出せば、周りも通報してくれるはずだ。

『電車が止まってるから、ちょっと遅れるかも』

『オーケー。ミドリ、持ってきてね』

『なんで、わざわざそんなことを言うの』

持ってきているのを知っているのに。

『一緒に捨てよう』

三崎は一瞬、返信に迷った。二人で会う時の資金源……。これを手放すと、お金を得る手段がなくなる。中学生がアルバイトしても、手に入る金額などたかが知れている。〈あれ〉を使えば、その何十倍も楽に稼げる。

だけど——。

美雪とすれ違った原因でもある。美雪もそう気づき、廃棄を提案してきたのだろう。

『そうだね。一緒に捨てよう』

返信し、スマホをポケットにしまった。とにかく、あいつらに見つかる前で本当に良かった。

折良く、池袋・渋谷方面行きの電車がやってきた。遅延の影響で車内はかなり混んでいる。おまけに一駅の間がとても長く感じた。一秒が十分にのびたかのようだ。早く美雪に会いたい。会って、センター街から連れ出したい。現状、あの街は歌舞伎町と同じくらい危険なのだ。

渋谷駅に到着すると、一番先にホームに下り、改札に早足で向かった。

『着いた。どの店?』

『この店、いまちょっとやばいかも。ここに来て』

URLのリンク先が添えてあった。やばい? 何が? あいつらが来た? リンク先を開いた。地図だった。

『大丈夫なの?』

『なんとか抜け出す』

『早く合流しよう』

三崎はほとんど走るように人の間をすり抜けてスクランブル交差点を渡り、センター街に入った。路地に進むと、一気にひとけが消えた。美雪の姿はない。送られてきた地図はこの辺りなのに……。まさか、最悪の事態が?

「よう」

背後から声をかけられ、三崎は急いで振り返った。

歌舞伎町の、細身の男がいた。一人だ。三崎が逃げだそうとした瞬間、男はゆっくりと首を振った。

「別に逃げてもいいが、お嬢ちゃんがお前に会いたがってるぞ」

背筋が冷えた。

「どこにいる?」

「ついてこい。お前が逃げ出したら、そこで終わりだ」

男が背を向け、歩き出していく。どうする……。三崎の逡巡《しゅんじゅん》は一瞬だった。ついていこう。美雪に何かあってからじゃ遅い。歯を食いしばり、背筋を伸ばし、男の背中を追いかけた。

男はコインパーキングに入り、ワゴン車の前に立った。男はワゴン車に向けて顎《あご》を振った。

「鍵は開いてる。入れ」

三崎はドアをスライドさせた。背中を軽く押されて車内に入ると、男も乗ってきて、スライドドアを閉めた。車内の空気は淀み、美雪はいなかった。

「まあ、座れ」

男が言い、向かい合う恰好で腰を下ろした。

「美……」名前を出さない方がいい。「もう一人はどこに」

「心配か」

「当たり前だ」

「だよな。男ってのはいつの時代も女に泣かされる」男は肩をすくめた。

「時代にはそぐわない発言だったな。クソ食らえだよ」

車内はしんとしている。外の喧噪もまるで聞こえてこない。ワゴン車は改造されているのかもしれない。

「哀れだよな、お前は」

「何が言いたいんですか」

「お前は小娘に売られたんだ」

冷ややかな声だった。何がなんだか……。

「あの小娘は自分のミドリを確保するため、お前を俺たちに売った」

「美雪がそんな真似をするはずないッ」

しまった。名前を言ってしまった。

「けなげだな。涙が出てきそうだ。そう言いたくなる気持ちはわかるよ。お前くらいの歳の男ってのは単純だからな。論より証拠だ」

男は滑らかな手つきでポケットからスマホを取り出した。三崎は絶句した。美雪のスマホだ。スマホケースに見覚えがある。

「お前とやり取りしたのは俺だ。小娘は俺にスマホを渡した。つまり、好きに使ってもいいって意味だ。お前の分のミドリを取り返したら、こいつは小娘に返す。それが交換条件でな」

そういえば、メッセージにはミドリとあった。〈あれ〉とは書かれていなかった。

「脅されて渡しただけかもしれない」

「いいね。頭が回る奴は嫌いじゃない。だとすれば、俺がお前をぶちのめさないのはなんでだ？力尽くで奪っちまえばいい。お前がミドリを持ってるって、小娘から聞いてるんだからよ。あの小娘は悪賢い。俺はあいつに百五十万を払う。あいつが持ってるミドリの代金としてな。その代わり自分のスマホを使って、お前をここに勝手に呼び出せって条件で」

次第にうまく頭が回らなくなってきた。美雪は本当に裏切ったのか……？　一緒に過ごした楽しい時間は何だったのか。美雪にとっては、どうでもいい時間だったのか。三崎の脳内にぐるぐると疑問が巡っていく。

男は口元を緩めた。

「百五十万ってのは大金だ。大人の俺にとっても、そこそこの金だよ。中学生が友だちを売るのに充分な理由になる額だ。もしかするとお前らは友だち以上の関係だったのかもしれんがな。ぼんぼんでもない限り、中学生にとっちゃ、あと十年は手に入らない額だろ」

立っていたら、膝から崩れただろう。三崎は肩が震えてきた。

「泣きたきゃ泣け。嫌いじゃねえぜ、感情をちゃんと表現できる奴は。小娘だって感情に素直に従っただけだ。金が欲しいって感情に従い、お前を裏切った。小娘にとってお前はその程度の価値だったんだよ」

裏切った。その一言が耳の奥で大きく響いている。三崎の頭の芯を、背骨を、心の奥底を大ききく揺さぶっている。

「どうしてセンター街で売ろうとしたのか、理由を言っていましたか」

あてつけならまだ救いがある。この期に及んでも美雪の気持ちにすがりつきたい自分がいる。

「聞いてねえよ。興味ないからな」男は美雪のスマホをポケットにしまった。「さて、お前の分のミドリを出せ。お前から買う気はない」

三崎は手が動かなかった。体に力が入らない。

「勝手にリュックからとってください」

「そうかい」

男は三崎のリュックサックを下ろし、中身を漁《あさ》った。封筒に入ったミドリを速やかに見つけ、取り出し、数えている。

「特別サービスだ。一錠、無料で使ってみるか？　気分が楽になるらしいぞ」

「要りません」

「いい選択だ」

男は三崎の鞄からスマホも取り出した。

「小娘の連絡先、履歴は消しておく」

「ちょ……」

「小娘から伝言だ。お前とはもう二度と会いたくねえってよ。当然だよな、裏切ったんだから合わす顔もねえさ」

三崎は目の前が暗くなった。美雪は自分と過ごした時間なんて、どうでもよかったのだ。一瞬でも心が通じ合ったと勘違いした自分が愚かだった。

「小娘のスマホからもお前の連絡先と履歴は消えてる」

男がスマホを鞄に戻し、三崎の胸に荒っぽく押しつけてきた。三崎は鞄を抱えるように持った。

「用件は終わりだ。ミドリは忘れろ。勉強に励め」

「学校は嫌いです」

「俺もそうだったよ」

あんたの過去なんてどうだっていい。

「小僧、なんでミドリに手を出した?」

「預かっただけです。ミドリなんて知りませんでした」

「捨てる選択肢もあっただろ」

「真面目に生きてても、いいことなんてありません。人生に希望もない、なんにも楽しくない。お金を簡単に作れる方法があるなら、試してみてもいいじゃないですか。少しは楽しい時間が過ごせると思ったんです」

男の体が動いた。三崎はいきなり髪を引っ張られ、頬に拳を食らった。視界に星がちかちかと瞬き、頭の芯が揺れている。

「いまの一発で目が覚めたか。お前はあの小娘とは別の人生を歩め。今回の裏切りを教訓にしろ。さっさと目の前から消えな」

三崎はのろのろと体を動かし、ワゴン車を出た。渋谷の喧噪がはるか遠くから聞こえ、頬が痛み、ずきずきする。

偉そうに説教してんじゃねえよ。

あの男はどうせ普通の暮らしをして、普通に友だちができて、普通に就職して、そんな生活が嫌になってミドリを売るような悪党になったに決まっている。普通に生活できていた人間に、こっちの気持ちなんて理解できるはずない。どうせ悪党なんて誰かとつるまないと、何もできないくせに。

自分は結局一人だ。

どこに行こう。埼玉に帰りたくない。どこにも居場所はない。やりたいこともない。

——分散しておいた方がよくない？　だって一人が全部持ってるのは危険だよ。

美雪はもっともらしく言っていたけど、ミドリを独り占めされる危険を避けたかっただけなのだ。

——星輝、わたしと一緒にサバイバルしようね。

真っ赤な嘘だった。

——うちら二人揃えば最強じゃん。

何が最強だ。最初から亀裂が入っていたんじゃないか。

三崎はズボンのポケットを軽く叩き、あてもなくふらふらと歩き出した。美雪と会う前よりも世界から色が減り、空気が鋭くなっている。

最初はあてつけからセンター街で売ろうとしたのだとしても、あっさり口を割ったのなら、自分は美雪にとっては軽い存在だった証明だ。自分なら死んでも絶対に美雪もミドリを持っていると口に出さなかった。

誰とも仲良くできず、人生でもっとも大事な人と出会ったと思ったら裏切られ……。こんな人生、もういやだ。

体の奥底で何かが壊れる音がした。

こんな経験はもう二度としたくない。三崎は勝手に溢れてくる涙を手の甲でぬぐい、スマホを取り出した。

「小僧からミドリを取り戻した。そっちはどうだ?」

清水はワゴン車の中で、田中に連絡を入れた。

「上機嫌だ。ハイになってる」

「ミドリをやったのか」

「最後の思い出作りにな」

「実費はお前持ちだぞ」

「わかってるよ」

お楽しみの前に三万円なんて安いものなのだろう。ミドリを服用した相手は、ちょっとした前戯で悶え狂うらしい。

「もうヤったのか」

「人助けだからな」田中が得意げに言った。「変態に喰われるのは可哀想じゃねえか」

清水は自分が連絡するまで、田中はどうせ性欲を我慢できないと踏んでいた。驚きはない。これだけ科学が進んだ時代でも、海外の闇社会の一部で十七歳以下の処女の内臓を食うと万病が治るという迷信があり、高値で売買され、世界から集められた処女が日々解体されているらしい。

「あんまり傷つけるなよ」

「余計なお節介だったよ。処女じゃなかったんだ。四、五年前から同居する変態オジさんに色々されてたんだと。初めて喋った相手が俺なんだってさ」

それで小娘は一秒でも早く家を出たかったのか。金もさぞ欲しかっただろう。県議の母親は気づいていても、世間体を気にし、無視しているだけなのかもしれない。

「小娘はなんで母親やら学校の教師やら警察やらに言わないいんだよ。母親に言いづらいとしても、外出する機会ならいくらでもあるじゃねえか」

「恥ずかしいんじゃねえのか。体を色々調べられるだろうし、変態オジさんに惚けられるのがオチだし、警官なんて縁遠い存在だし。学校に相談したって、教師の一人として言えば母親に対応を一任して終わりだ。学校はそんな面倒事に関わりたくねえ。そもそも不登校だそうだ。学校に相談するって選択肢はねえわな」

「にしたって、どうして田中にそんな重たい打ち明け話をするんだよ」

拉致監禁などで被害者が加害者に心を寄せる、ストックホルム症候群が起きるにしても早すぎる。

「重たすぎて誰にも喋れなかったんだよ。赤の他人だから話せたのさ。しかも俺は丁寧に、たっぷり可愛がってやった。変態オジさんは濡れてもねえ段階で突っ込んで終わりだろ。そんな奴と俺とじゃ雲泥の差だよ」

「知らないかもしれないが、お前も充分変態だ」

田中が鼻で笑った。

「お褒めの言葉をどうも。男のガキの身柄は押さえたのか」

「いや、帰した」

状況を伝え、小娘が小僧を裏切ったのだと曲解させた。

裏切り。あの年代ではひどくこたえるだろう。少なくとも一週間は小娘と連絡をとろうとは考えないはずだ。小娘を密航させる時間としては充分だ。小娘がいなくなっても、ミドリを売ったあの小僧が警察に相談にいくとは思えなかったが、念を入れたのだ。

「なんで帰したんだよ。男のガキだって高く売れるだろ。一人運び出すのも、二人運び出すのも一緒じゃねえか」

「小僧はそこそこ頭が切れた。どっかの国で変態の慰み者になるより、日本のために働かせる方が世のため人のためになる」

人生に希望もない、なんにも楽しくない。あの小僧は言っていた。田中たちとつるむ前の自分とどこか重なった。同情や共感で逃がしたわけではない。リスクが増すのを回避しただけだ。同じ理由で殴ったり、蹴ったりもしなかった。田中は一人も二人も一緒だというが、違う。親の数や親戚、教員の数が倍になる。トー横に集まるガキの保護者が全員、子どもに無関心というわけでもないだろうし、お節介な奴が周りにいないとも限らない。警察への通報リスクも倍になる。

ただ、自分に田中を批判する資格はない。もっともらしい行動をとっただけだ。

「悪党がよく言うな」

「裏金まみれの政治家どもの方がよっぽど悪党さ」

「違いない。こっち来て、今晩は泊まんのか」

「いや。一度そっちにミドリを置きにいって、小娘の様子も見た後、うちに帰って寝る。正直、体も頭も疲れててな」

ミドリを自宅に持ち帰る気は起きない。もう若くないと痛感する。徹夜なんて久しぶりだった。十代、二十代の頃は徹夜なんてざらで、翌日も平気だった。

「そうか、待ってるよ。早くしろよ」

声だけで、田中のにやけ顔が伝わってきた。邪魔者がいない空間で、一晩中あの小娘を思う存分玩具にできる興奮が声に滲み出ている。

おめでたい奴だ。元はといえば、田中の失敗が招いた事態なのに。

「少しは我慢しろ。サルでも思春期のガキでもないんだ」

「バカ言え。何歳になっても青春ど真ん中だよ」

「勝手にほざいてな。切るぞ」

続いて、清水はもう一件連絡を入れた。高橋はすぐに出た。

「どうも。回収できましたか」

「ああ、今日全部な」

「お疲れさまでした。ペナルティを受けずに済みますね、何よりです」

相変わらずいけすかない口調だ。しかしこいつがメンバーをまとめあげたのは間違いない。こいつが自分たちの核なのだ。自分も田中も薬剤師も他のメンバーも、ただの駒と言える。甘い蜜に吸い寄せられた小さな虫とも言い換えられる。

ペナルティは一年間のただ働きだ。避けられてよかった。

「例の船を手配してくれ。小娘を一人売る」

最初とは別の小娘だが、高橋に事情を伝える必要はない。

「十七歳以下ですか？」

「おそらくな」

「田中さんはもう味見を？」

「多分、いままさに」

「処女の方が高く売れるのですが、まあいいでしょう。行方不明者届もいずれ出されるでしょうし、早めの方がいいですね」

「ああ。二、三日は余裕があるはずだ」

「承知しました。早速手配しましょう。ボーナス分は田中さんと半々でいいですか」

イレギュラーな収入については、一割を経費として引かれた後、もたらした者が山分けできる規定だ。最低でも百万円くらいにはなるだろう。

「七三……いや、八二にしてくれ。俺が八だ」

「随分と割合が異なりますね。田中さんは納得されているので？」

「心配するな、納得させる」

「清水さんがそうおっしゃるなら、私は構いませんよ」

ほとんど尻拭いしたようなものだ。田中に嫌とは言わせない。

通話を終えるとワゴン車を出て、清水は渋谷の雑踏に戻っていった。首を左右に振ると、骨が盛大な音を立てた。

4

毛利は自席でパソコンの画面を見つめながら、折り返しの連絡を待っていた。

昨日の六時十二分。山内の公用携帯にも私用携帯にも、通話履歴はなかった。無料通話アプリを利用したのだ。

また、山内は昨日公用携帯で少年事件課とやり取りを重ねているが、私用携帯でのやり取りは皆無だった。そういった意味でも無料アプリでのやり取りを洗わねばならない。どのサービスを使用したのか定かではないので、一時間前にアプリ提供の各社に問い合わせ、取り急ぎ昨日の通信履歴の提供を求めている。拒否されれば奥の手を使うまでだが、すんなりと承諾を得られるだろう。

　昨晩、山内を行確した。多摩湖の車や、マルボウとの接触の時のような引っかかる点はなかった。山内は歌舞伎町での聞き込みの後、深夜三時に警視庁に戻り、仮眠室に宿泊。その後、朝七時から相勤と捜査に出た。佐良と皆口は現在も行確中だ。行方不明になった少女の関係で、山内は朝も夜もない捜査態勢になったらしい。

「はかどっているか」

　能馬が声をかけてきた。また足音もなかった。

「問い合わせの返信待ちです。一時間後に須賀さんと聞き取りも行います」

「そうか」

「須賀さんまで加わるほどの、大きな問題だとお考えなのですね」

「手が空いた人間を加えたまでだ。佐良や皆口と死線を潜った仲でもある。監察係にも須賀を怖がる者がいるからな。下手な人間とは組ませられない」

「能馬さんも怖がられていると思いますよ」

「何よりだ」

　能馬は自室に歩いていった。

　正午、つけっぱなしのテレビからＮＨＫのニュースが流れている。フロアには数台のテレビがあり、人がいる間はＮＨＫを流しっ放しにしている。

監察でのこうした日々を心地よく感じはじめている。監察係を出て、別の課――例えばサイバー犯罪対策課に戻っても、こんな感覚にはならないだろう。佐良も皆口も須賀も能馬もいない。

少年時代に四人の誰か一人とでも出会っていれば、自分は別の道に進んだ気がする。人間、生きていれば人生に影響を与えるような誰かとどこかで出会うのかもしれない。現代ではスマホを介して知り合い、それが決定的な出会いというケースも多いに違いない。毛利としては、人生の転機を手の平の機械に委ねる気は起きないけれど、時代は変わっていく。スマホもいずれはさらに違う何かに取って代わられるのだろう。

仕事を続けた。四十分後、肩を叩かれた。

「そろそろだ」

須賀だった。音もなく背後に立たれた。能馬の時と一緒だ。

「まったく気配を感じさせませんでした。さすがです」

「身内に気配を感じ取られる程度の人間にろくな行確はできない。日々訓練だと思え」

「なかなか難しいですね」

「難しい仕事だからな。誰もができるわけじゃない。行くぞ」

促され、小さな会議室に向かった。須賀は何の特徴もない歩き方だ。自由自在に歩き方を変えられるのだろう。互助会の捜査を通じ、須賀がかつて特殊な訓練を積んだと聞いている。

「私は会議室の前で出迎えます」

「そうか。聞き取りは毛利が行ってくれ」

須賀だけ、会議室に入っていった。須賀は今回の監察に加わったばかりとはいえ、概要はすっかり頭に入っているはずだ。急に緊張感がこみ上げた。一種のテストだ。下手な聞き取りはできない。

十分後、廊下を五十代の男性が歩いてきた。毛利は会釈した。

「課長、本日はご足労恐れ入ります。監察係の毛利です」

「少年事件課の小堺《こさかい》です。十一階は落ち着きませんね」

「エレベーターで十一階に?」

「十階から非常階段を使いましたよ」

誰かに見られたくないのだろう。監察と通じていると勘ぐられれば、今後の警官生活にも支障をきたしかねない。

どうぞ、と毛利が会議室のドアを開けた。小堺が奥に、毛利と須賀はドア側に並んで腰を下ろし、向かい合った。

「本日の話は内密にお願いします」と毛利は切り出した。

「心得ています」

「少年事件課の山内警部補の人となりを教えていただきたいのです」

「山内が監察対象に?」

「ある種の監察過程で名前が出てきたのは間違いありません」

「あいつは仕事熱心で真面目な男です。昼夜を問わず、捜査に邁進できる。所轄時代からそうでした。何度も署長賞をもらっています」

「小堺課長は所轄時代も山内警部補とご一緒でしたね」

はい、と小堺が小さく頷く。

「原宿署の刑事課で。仕事がない日は嬉しそうにしてました。家族思いの男なんです。家庭を大切にという、お祖父さんの教えだとか。お祖父さん子だったそうです。だからこそ少年事件課に相応《ふさわ》しいと、私が当時の上司に談判し、彼を引っ張りました」

「失礼な質問になって恐縮ですが、小堺課長の目は確かでしたか？」

「ええ」小堺はきっぱり言い切った。「犯罪に手を染めた少年少女だけでなく、ご家族にも寄り添う男です。逮捕後も捜査の合間を縫ってご家族のもとに通い、精神面のケアに務めています。家庭思いの山内だからこそできるんです」

　行確でまだその場面に出くわしていないが、嘘ではないのだろう。小堺は本庁で課長になった男だ。監察に嘘をつくほど短慮ではあるまい。

「中学生の時分にお祖父さんの死を巡り、色々思うところがあったようです。ご家庭で色々揉めたそうですから。具体的には知りませんが、お祖父さんも末期は管まみれになり、とても哀しそうだったとか。余計、家庭円満の大事さが身に染みているのでしょう」

　家庭を大事にした者でも、死に際する揉め事は避けられなかったのか。皮肉な話だ。山内としては、そんな思春期の経験が人格形成に影響したのだろう。

「山内が監察のお世話になるとは、とても思えません」

「一つのご意見として伺っておきます。長い付き合いの中で、山内警部補になにか変わった点はありますか」

「日々成長している男ですよ」

「例えば」と毛利は促した。

「ここ十数年、振り込め詐欺などで少年が大人に使われる事件が増えています。二課事件やマルボウ情報に強くなったり、薬の事情もアップデートしたりと捜査員として努力を惜しみませんね。上司として頼もしい限りです」

「勉強熱心なのは所轄時代からですか」

小堺は斜め上を見て、視線を戻してきた。

「ええ。特に七、八年くらい前からより熱心になりましたね」

「山内警部補がどうやって研究をされているのかをご存じですか」

「部下は子どもや生徒ではありません。任せています。もちろん、常に成長曲線を描いているわけではありません。山内も人間です。失敗もあれば、停滞時期もあります。停滞といっても、高レベルでの現状維持と申しましょうか」

上昇カーブを描き続けられる人間なんていない。毛利は横目で須賀の様子を窺った。存在感を消し、完全に聞き取りを毛利に委ねている。

「山内警部補は結果を出し続けているのですね」

「ええ。ですが、正確に言うのなら私が知る限り、一度、かなり落ち込んだ時期があります。無理もないんです」

小堺は嚙み締めるように続ける。

「ある少女の死を知った時です。彼女は中学の時に非行に走り、渋谷でシャブの売人をしていました。いじめられ、学校から逃避し、街で大人に声をかけられ、少し上の世代の少年と組み、シャブを売っていたんです。売人になるまで彼女は何度か自殺未遂を繰り返していたといいます。現実逃避で本人もシャブを使用し、中毒になるまで時間はかかりませんでした。シャブを使用してからも、何度も自殺未遂をしたそうです。原宿署時代、山内と一緒に捜査した事件でした」

小堺が肩で大きく息を吐いた。

「少年少女を逮捕し、二人とも家裁送致になり、少女は情状酌量の余地があるからと少年院には入りませんでした。さっきも話した通り、山内は彼女の家庭の力になりました。折を見て自宅に通い、本人と家族の力になり、少女はちゃんと更生し、高校に通い直し、大学にも進学したんです。しかし八年前、彼女は亡くなりました」

山内は少年事件課に配属され、エースとして活躍している最中の出来事か。毛利は黙って続きを待った。

「大学で出会った男に騙され、食い物にされ、結局金を巡って殺されたんです。最後は集団リンチの形で顔が変形するほどだったと言います。彼女の死を知り、山内はかなり落ち込みましてね。一ヵ月ほどは仕事に身が入らなかった。私も何も言えませんでした。山内が一生懸命やっていたのを間近で見ていましたから」

小堺は長い瞬きをした。

「山内は一ヵ月後にはきっちり働きだしました。何かが吹っ切れたように、それまで以上に」
七、八年前からさらに勉強熱心になったのは、この少女の死があったからだろう。忘れようとしたのか、他に思うところがあったのか。
さらに三十分ほど聞き取りを続け、毛利は小堺を非常階段まで見送った。会議室に戻ると、須賀は先ほどまでの席に座っていた。

「見送りを終えました」

「ご苦労」

「私の聞き取り、いかがでしたか」

「過不足なく、問題なかった。マルタイは至って真面目な人間のようだな。真面目な人間ほどつまずくと立ち上がれず、暴走した時は手に負えない」

須賀の脳裡には互助会の一件が頭にあるのだろう。須賀が立ち上がった。

「私は今から行確に加わり、佐良たちに今の話を報告しておく。毛利は通信会社とのやり取りを引き続きやっておけ」

二人で会議室を出た。

聞き取りから自席に戻ると、メールが入っていた。問い合わせた通信会社の一つからだ。添付ファイルがある。先方からのメッセージを斜め読みし、添付ファイルを開いた。

運がいい、いきなりビンゴだ。

昨日の六時十二分、アカウント名、『さっちん』という者と山内は無料通話で話をしている。毛利は通信履歴のファイルを開いた。昨日、メッセージのやり取りはない。一本の無料通話だけだ。『さっちん』がマルボウという可能性もある。

通信会社からのメールには、『さっちん』の素性は書かれていない。毛利は問い合わせの文面を打ち込み、送信した。

腕まくりする。

決裁などで、また数時間待たされるだろう。だったら、自分で調べてしまった方が早い。サイバー犯罪対策課時代に通信通話履歴を探る様々な手法を学んだ。公安も利用する、決して表には出せない方法だ。監察にも同じソフトを使える権限が与えられていた。もっとも、自在に操れる人材は少ない。毛利は数少ない一人だ。

画面を開き、特殊な解析ソフトを使い、『さっちん』のアカウントを開いた。まずはここ一週間のアプリを通じた通信通話履歴を洗おう。指先を動かし、画面を見つめ、脳をフル回転させていく。

無料通話はマルタイとの一回のみで、文字のやり取りは他の数人としていた。

『十七時に大雄山《だいゆうざん》駅に集合』

『了解。〈お世話さん〉に感謝です』

『ほんと感謝です』

『地図も送ってもらいました』

『みんながいてくれて安心です』

『こちらこそ』

アカウント名を見る限り、四人でやり取りしている。〈お世話さん〉とは何者なのか。マルタイのこと？　だとすれば、マルタイはどんな面倒を看ているのか。

毛利はさらに特殊なソフトを使い、『さっちん』の素性を炙り出していく。関川早智《せきかわさち》、十八歳、東京都世田谷区在住、不登校の女子高生……。

少年事件課の捜査で知り合ったのだろうか。トー横キッズの中では年齢が上の方だ。少年事件課の捜査記録を見たいところだ。その前に『さっちん』とやり取りした他の三人についても洗ってみよう。どうせ関川早智について捜査記録と照会するなら、他の名前でも照会できるように準備すべきだ。

毛利は特殊な解析ソフトで他の三人についても洗った。十九歳から十五歳と、三人とも関川早智と同世代の男女だったが、接点はなさそうだ。横浜《よこはま》市在住、足立《あだち》区在住、日立《ひたち》市在住と居住地域すら異なる。小学校や中学校が一緒で、めいめい転居した可能性もありえるが、だとするとメッセージのやり取りが他人行儀すぎる。

『みなさん、よろしくお願いします』

『みなさん、がんばりましょう』

『何をです？』

『確かに。失礼しました』

一般的な十代が友だちや知り合い同士の文面ではない。ここ数日、メッセージのやり取りをしているが、無料通話履歴はない。

『〈お世話さん〉、ありがとうございます』

『〈お世話さん〉がいてくれてよかったです』

『〈お世話さん〉、これからも私たちみたいなみんなを助けてください』

マルタイが〈お世話さん〉だとすると、十代の間では知られた存在なのだろうか。どんな仔細で知られているのだろう。

十代といっても十九歳と十五歳ではカルチャーは異なるはずだ。好きなアーティスト、好きな漫画、流行の言葉など。

そうか。

十九歳、十八歳、十七歳、十五歳。つい数分前は同世代に括っていた。それは的外れな考えだったのではないのか。十九歳と十五歳では見てきたものも接するものも異なる。

十九歳と十五歳。最近、どこかで目にした数字だ。毛利は脳内の記憶を辿っていく。どこで目にしたのか。どこで……。

毛利は目を見開いた。すべてが結びついた。マルボウとの接触より質が悪い。佐良に連絡をしないと。

五章　叫び

1

午後三時半、毛利はパソコンに向かっていた。行確を免除された代わりに、情報分析を一任されたのだ。佐良と皆口は須賀とともにマルタイの行確に出ている。

——三人の中で毛利がピカイチなんだ。マルタイとマルボウを丸裸にしてくれ。客観的に二人の結びつきがわかるデータがほしい。

佐良の指示だった。

——須賀さんも毛利の腕はピカイチだと思いますよね。

現場でのイアホン通話には毛利も加わっていた。

——毛利より行確が上手な人間なら人事一課には腐るほどいる。その一方、情報端末を使った解析や分析は毛利が人事一課でも随一だな。

——けなされながら褒められるのは初めての体験です。

——別にけなしていない。

須賀は抑揚のない声で言っていた。

パソコン画面の端にお知らせが出た。ようやく関係自治体から戸籍が、管轄の税務署からもデータが届いた。本来なら出向いて取得すべきだが、顔の見えるウェブ通話でこちらの身分を確認してもらった上、先方から警視庁に電話を入れさせ、毛利はデータを入手した。早速データを開く。

画面の一部に目が吸い寄せられた。

赤根彰。母方の苗字は——。

毛利はイアホンマイクにスイッチを入れ、佐良たちのやり取りに入った。行確中は常に通話状態になっている。

「佐良さん、いま通話をいいですか」

「どうぞ」

「マルタイが埼玉で車に乗って出てきた整備工場がありましたよね。あの経営者の母方の苗字とマルボウの苗字が一致しています。宗岡です。ありふれた苗字ではありません。二人には関係があるのではないでしょうか。マルタイはマルボウに便宜をはかられ、宗岡から車を譲り受けた線もあります」

山内の口座に二十五万円の出金記録はなかった。警視庁に届け出ているもの以外、口座を都市銀行に開設していなかった。譲渡自体は犯罪ではないが、相手がマルボウ関連とあっては警官としてあるまじき行為だ。処罰対象となる。

「調べられるか」

「宗岡の方のデータが来ればすぐにでも……いえ、今のうちに関係自治体に問い合わせます」

「頼む。まだマルタイを引っ張るには弱いな」

「早く身柄を押さえたいですね」

「ああ。毛利の予想通りだとすると、もたついているうちにまた誰かが死んでしまいかねない。ただし、焦るな。もう一段階、マルタイが言い逃れできない物証がほしい。状況証拠でもいい。能馬さんの指示なんだ」

佐良が行確から一旦警視庁に戻り、能馬にかけあった時、毛利も同席した。能馬の指示を受け、佐良が食い下がった。

——手遅れになりかねません。

——憶測や推測で警官の未来を奪ってはならない。生活を奪うことは殺すも同然だ。

能馬は微塵も動じていなかった。監察に身を置き、長い時間の蓄積が揺らぎない見解を作り上げたのだろう。

——ですが……。

——佐良と毛利がさっさとより深い何かを摑めばすむ。

能馬の要求は理不尽ではない。組織として当然の求めだ。だからこそ、自分がなんとかしなければならない。

毛利は自分の手を見た。この手に人間の命がかかっている。肩にずっしりと命の重みがのし掛かってくる。

イアホンのスイッチを切り、受話器を上げた。宗岡壮一が暮らす自治体にかけ、担当者に繋いでもらった。

「いま、まさに送るところでした」

相手はのんびりと言った。

やり取りしている間にデータが届いた。礼を言って電話を切り、毛利はデータを開いた。宗岡の父親と赤根の母親がかつて暮らした住所が一致している。親族で間違いない。しかし、これではマルタイと赤根の結びつきの証明にはならない。帳簿を提出させる頃合いか。川口まで出向く時間はない。

なにか別の糸口はないのか……。

メールが届いた。今度はアプリ会社からのメッセージだった。毛利はアメーバの触手のごとく、様々な機関に手配していた。アプリ会社とは、二時間ごとにマルタイの通信通話履歴を送ってもらうよう手はずを整えたのだ。あれからもう二時間が経過したのか。マルタイが捜査に出かける少し前だった。

新たな通信履歴があった。

『はじめまして。〈お世話さん〉、どうか助けてください。知り合いから連絡先を聞いて、メッセージを書いています。みゆっきーと言います』

『みゆっきーさん、こんにちは。連絡ありがとう。具体的に書かなくていいけど、どうしたの』

『人生に絶望しました』

『本気?』

『本気です』

『オーケー。みんながいるところがある。行ってみる?』

『お願いします』

『交通費はかかるけど、大丈夫?』

『平気です。ありがとうございました』

『頑張って。集合場所はまた後で』

これは……。毛利は顎を引いた。集合場所はどこだ。『頑張って』の後、山内は誰にも連絡をとっていない。

イアホンに手を添え、佐良に連絡を入れた。


遠くから電子音が聞こえる。清水は重たい目を開けた。会社を早退し、眠りについてからさほど時間が経っていない。スマホが鳴っている。体も重たい。会社の人間ではないはずだ。体調不良だと伝えてある。穴掘りの疲れがまったく抜けないのだ。

液晶には田中の名前が表示されていた。くそ……何の用だ。無視してもいいが、またかかってきても面倒だ。何度も睡眠を邪魔されたくない。

上体を起こし、スマホを耳に当てた。

「会社を早退して寝てんだ。邪魔すんじゃねえ」

我ながら不機嫌な声だった。

「寝てる場合じゃねえぞ」

田中の声は緊張感を孕《はら》んでいる。

「また死んだのか」

「いや、生きてる。ミドリだ。お前が取り戻したのは偽物だ」

「あ？　どういうことだ」

「お前が持ってきた分から小娘に一錠飲ませた。もちろん、代金は払うつもりだった」

「そんで？」

「まったく効かなかった。舐めようが、突っ込もうが反応が普通のままなんだ」

「痛いだけじゃないのか」

どうせ小娘を手荒に扱っているのだろう。ただの玩具としてしか見ていないのだ。

「違う」

田中は断言した。清水は徐々に眠気が薄れ、頭が回り始めた。そうか。田中ならミドリを使い、セックスをした経験がある。それで言い切れるのか。

「おかしいと思い、お前が取り戻した錠剤をもう一つ取り出し、よく見た。市販の鎮痛剤だ。半分が優しさでできてる薬だよ。包装も元々の銀紙を外して、そこに折り紙をうまく貼ってやがる」

ワゴン車内は薄暗く、そこまでしっかり確認していなかった。あんな小僧が大人を出し抜く悪知恵を働かせたとは……。どうりで素直に鞄を差し出したわけだ。本物はどこに隠した？　ポケットの中？　ぬかった。

「小娘は何て言ってる？」

「市販の薬と似てるってことも、折り紙のことも話した憶えがあるってよ」

「やけに素直に話してんな」

「自分が置かれた状況を理解したんだろう。ミドリの誘惑もあるしな。小娘がどうあれ、お前はまんまと小僧に騙されたんだよ」

田中は舌打ちしそうだった。舌打ちしたいのはこっちだ。てめえの失敗が諸々の大元だろうが。

あの小僧、せっかく見逃してやったのに——。

清水の脳裡に、ワゴン車を出ていく中学生の小僧の後ろ姿が浮かんでいた。肩を落としていても、内心では嗤《わら》っていたに違いない。ミドリを偽物だと見抜けなかった大人を、馬鹿にしていたに違いない。

「今からそっちに行く。服を着て待ってろ」

「俺はとっくに着てるよ」

「小娘にも着せてやれ。ガキの素っ裸に興味はない。お前、今日学校は？」

「有給ってのは、こういう時のためにあんだよ」

どうやら小娘を一日中弄ぶために休んだらしい。

「小娘のスマホは鳴ったか？　親とか学校から」

「いや、まったく」

あの小娘は母親や学校にとって、いなくていい存在ってわけか。

どうやってもう一度、あの小僧を誘《おび》き出すか。清水の思考はその一点に集中しはじめていた。

2

「山内警部補、お忙しい中、人事一課までお越しいただき感謝します」

佐良が淡々と言った。

正面に座る山内は無表情のままだ。毛利は佐良の取り調べに同席していた。毛利が一報を入れた直後、佐良と須賀が歌舞伎町で山内に接触し、人事一課への同行を求めた。相勤は戸惑っていたらしいが、有無を言わせなかったという。監察相手に異議を唱える気も起きなかっただろう。

皆口と須賀は警視庁内で別作業についている。会議室はしんとしていた。

「感謝も何も、あなたたちが強引に進めたんでしょう。こっちは捜査中で、一分の遅れが一大事になりかねない状況なのに」

こっちも一緒だ。毛利は睨《にら》みつけそうになった。

「存じています」佐良は平然と切り返した。まるで須賀や能馬が対応しているような錯覚を覚えるほどだった。「行方不明の少女ですね。下川瑠璃、トー横キッズ。あなたたちが歌舞伎町で取り逃がしてしまった」

山内はばつが悪そうに口の端を曲げた。監察に失点を知られ、平気でいられる警官はいない。

「そこまで知ってるのですね」

「私個人としても、少女が一刻も早く発見されるよう祈っています。ですが、あなた一人が捜査から外れたところで大勢には影響ないと判断しております」

「随分な物言いですね。今日まで接点はありませんでしたが、佐良さんという名前に聞き覚えがあります。捜一にいらしたのでは？」

「おっしゃる通りです」

「今では身内の首狩りですか」

佐良の顔色はまったく変わらない。

「首を狩られるような警官がいなければ、何もしなくて給料が貰えるのですが」

「そうですか」

山内は言葉の字面は丁寧でも、口調は乱暴だ。毛利は膝の上で拳を握った。破線で点と点が結びついていく。

「単刀直入に申し上げます」

佐良が一息置いた。鋭利な刃物を鼻先に突きつけたようにも見える。

「あなたは自殺幇助《ほうじょ》をしていますね」

「はい？」

「先日神奈川県内で発見された集団自殺。その四人とあなたはメッセージのやり取りをしている。〈お世話さん〉と名乗って。捜査中も、その一人〈さっちん〉こと関川早智さんとあなたは無料通話をしています」

毛利が発見した諸々の矢印は山内を示している。

佐良に報告した後、毛利は神奈川県警にも連絡をとり、四人の身元が集団自殺で亡くなった者たちと一致すると確認した。神奈川県警でも四人の通信通話履歴を洗い、〈お世話さん〉がキーパーソンと睨んだものの、他殺の可能性がないため、捜査が止まっていた。無理もない。事件事故は日々発生し続けている。事件性のない案件にいつまでも関わっていられない。

目の前の山内同様、〈お世話さん〉は丁寧な文言で相手と接していた。

一連の毛利の調べで山内が〈お世話さん〉だと思しいと割り出したため、聴取に同席する流れになったのだ。

山内は口を閉じた。

「あなたは今回」と佐良が切り込んでいく。「埼玉県内の自動車整備工場から車を借り、方々に放置し、そこを自殺場として提供している。練炭や窓ガラスの目張り用のテープまで用意して。親切、丁寧な〈お世話さん〉としてね」

山内の口はなおも動く気配はない。

集団自殺に参加したのは接点のない若者たちだった。治安を守るはずの警官が「みんなで死ねば怖くない」と若者を集めたのだとすれば、問題になる。警官に自殺を止める義務も権利もないが、人間の生き死にに深く関わる仕事で、生を守る側なのだ。

　まだ状況証拠の積み重ねで山内が自白しない限り、決定打にはならない。山内とやり取りした若者は死んでしまっている。

「あなたはマルボウとも接触している。大蔵会の赤根です」

「あいつは私の情報屋ですよ。捜一にいたんなら、あなたにも情報屋の一人や二人いたでしょう。中には後ろ暗い奴もいますよ。裏社会の動向は裏社会の人間が一番詳しい」

「裏社会云々については同意します。情報屋には反社会的組織の人間も多いでしょう。それとこれとは話が別です。赤根はあなたが軽自動車を購入した自動車整備工場の経営者と親族です。正確に言うと、購入したのではなく、便宜をはかってもらっているのではないですか」

　山内が口をつぐむ。完全に当たりの反応だ。

「これまで何件、自殺幇助をしました？」佐良が顎を引いた。「言い換えましょう、何人を殺しました？」

　山内の目つきが変わった。憎しみすら感じさせる、鋭い視線だ。

「私は誰も殺してない」

「自殺幇助。殺したも同然です」

「違う」

佐良は肩をすくめた。

「少年事件課なんて聞いて呆れますよ。あなたは職務として、未成年者の犯罪を扱っている。場合によっては未成年を助けられる立場とも言えます。それが自殺幇助なのです。違うというなら、何が違うのかをご説明ください」

山内は瞬きをせず、目を血走らせている。

「佐良さん、警官の仕事とは？」

「教科書的に申し上げるのなら治安の維持、回復でしょう」

「あなたは今、警官の仕事をまっとうしていると言えますか」

「最善を尽くしています。監察は警察の警察です」

「サイボーグみたいな言い草ですね」

「どう捉えられても構いません。我々監察の職務は、市民の安全に結びつく仕事だと確信しております」

佐良は落ち着き払っている。

「あなたはいかがです？　警官の仕事とは？」

山内が視線を毛利に向けた。佐良も毛利を見た。毛利は佐良に小さく頷き、山内の双眸《そうぼう》を見据えた。

「佐良さんの発言をもう少し嚙み砕けば、犯罪者の検挙と、検挙を通じて『犯罪をすれば、必ず逮捕される』という認識を広げ、犯罪に手を染めようとする者を踏みとどまらせる効果を生み出すことでしょう」

「事務的というか、官僚的というか。あなたもサイボーグですね」

「自殺幇助するよりましでしょう」

毛利は即座に言い返し、山内が肩をすくめた。

「お二人とも大事な観点が欠けています。困っている人を助けるのが、警官の役割だという点です」

「道案内と自殺幇助とでは大きく異なります」と佐良が話を継いだ。

「佐良さんは近しい人を失った経験はありますか。ご家族、ご友人など」

佐良の気配はまったく変わらない。脳内では後輩の死——斎藤の死の場面がよぎっているだろうに。たいした人だと素直に思う。

「ありますよ」

「私の場合は祖父の死が人生に大きな影響を与えました」

「山内警部補が中学生の時に亡くなった方ですね」

山内が瞬きを止めた。

「そこまで調べるのですね」

「仕事ですので」

山内は目を伏せ、数秒後に上げた。

「祖父は管まみれになっていました。私だけに打ち明けてくれたんです。『延命治療なんてまっぴらごめんなんだ。本当は早く死にたいのに、子どもたちが死なせてくれない』と。相続の節税対策やら、遺産分割の話し合いのため、私の父や伯父たちは祖父の延命治療を医師に申し出ていたんです。祖母も子ども可愛さに、父たちの提案を呑んだ。誰も祖父の味方になっていなかった」

佐良の表情は変わらない。

「思春期の山内警部補にとっては大きな出来事だったのでしょうが、自殺幇助を肯《がえ》んじる理由にはなりません」

山内は一度唇を引き結び、勢いよく開いた。

「死にたいと望む人間には、死を選ぶ権利がある。私はあの時、そう認識した。けれど、本当の意味では理解していなかった――」

「八年前の出来事ですね。あなたが気落ちしたという。非行少女を助けたのに、結局は殺されてしまったとか」

「逮捕した当時、彼女は死にたがっていた。助けたのは私です。逮捕せず、あのまま死なせてあげれば、殺される苦しみを味わうことはなかった。彼女は自らの意思で死ねたはずです。私のせいで苦しめてしまった。いったい、何発殴られたのか……。せめて途中で意識がなくなったことを願うばかりです。私は彼女をちゃんと助けられなかった。酷い時間を味合わせてしまった」

山内は喉から血を吐き出しそうなほど、かすれ声になっている。記憶が、後悔が、哀しみが喉を圧迫しているのだろう。

「自殺幇助を認めるのですね」

「私は人助けをしたいだけです」

「たとえ死にたいと望む方がいても、日本では自殺幇助も安楽死も法律として認められていません」

「だからなんなんです？　法律は人間を助けません。法律や制度は人間に寄り添ったり、笑ったり、泣いたりしません。ただ存在するだけです。感情や共感が人間を助けるのです。時には法律を越える状況になったとしても、四角四面に法律を守るだけでは、助けられない人もいる」

山内は相変わらず、喉を削り、発したようなかすれ声だ。佐良は山内から視線を外さず、真っ直ぐ受け止めている。

——仕事っていうのは、必要以上のことをしないといけない、するべきなんだ。みんなが必要以上の仕事をすれば、社会はもっと良くなる。

父親の一言が毛利の頭に浮かんだ。

法律で認められないことをするのは、文字通り必要以上のことだ。佐良は場合によっては必要以上の行動をとる人間。どう答えるのか。毛利は息を殺した。

佐良はわずかに身を乗り出した。

「おっしゃる通り、法律は人間を救いません。ただの文章、文字の羅列ですからね。場合によっては職務より、目の前の誰かのために行動する選択を私も否定しません。警官である前に、我々は血肉のある人間なのですから。八年前の出来事は悲劇です。避けられればよかった」

「だったら――」

しかしながら、と佐良は声量を上げて山内の発言に覆い被せ、続けた。

「あなたは死んだ彼女のためにも、以後大人としてちゃんと行動すべきだった。〈お世話さん〉として、警官として、出会った若者の話をじっくり聞いたり、励ましたり、叱咤したりして、社会はそこまで捨てたものではないと理解させようとしましたか。あなたが大人として職務を越えてすべきだったのは、そういう振る舞いだったのではないですか。彼らの命を奪うことではないはずです。あなたは法律や制度は人間に寄り添ったり、笑ったり、泣いたりしないと言った。あなただって死んだ子どもたちのために寄り添ったり、笑ったり、泣いたりしていない」

山内は真顔で佐良を見つめている。

毛利は佐良の一言に頭を殴られた思いだった。ひょっとして自分は、父親に寄り添ってほしかったのかもしれない。

母親を殺したも同然の父親。だが、父親が殺していない現実は毛利も当時から理解していた。寄り添ってほしかったからこそ、無意識に警官という道を選んだのではないのか。警官となって、かつての自分に寄り添うために。ひいては自分と似た誰かに寄り添うために。

毛利はドアの外にも神経をやっていた。

「ほら、これであの小僧を呼び出せ。声を聞かせてやるんだ」

清水は小娘にスマホを返した。売られたと知った小僧がほいほいと出てくるとは思えないが、多少の未練はあるだろう。中学生の小僧なら、こっちの思惑通りに事が運ぶ可能性は高い。学校もそろそろ終わった頃だろう。

四時過ぎ、塩漬けマンションは饐《す》えた臭いで充満していた。汗、精液、汚物、血、女の体臭など様々なニオイが混ざっている。小娘は半裸状態だった。清水を前にしても、陰部を隠す素振りはない。恥じらいはもはや消え去っているらしい。

「呼び出したらどうするの?」

「お前にミドリを飲ませてやる」

「ほんと? いいの?」

小娘は目を輝かせた。田中は短時間でどんな調教をしたんだ? 小娘は自分のミドリでよほどいい目を見たのだろう。もしくは心に抱えていた一件を初めて話せた相手として信用したのか。何にしろ、友人を裏切るのに躊躇《ためら》いが感じられない。小娘はこの先、ヤク中に転落していく。いや、ガキとして需要があっても、いずれ成長する。行く末は臓器売買のドナーか。生きたまま内臓を抜かれ、角膜を剝がされ……。小娘の人生なんて知ったこっちゃない。

「ああ。ハイになってくれ」

「空いてる渋谷の部屋ってここのこと?」

「まあな。しばらく住めばいい。親元を離れたいんだろ」

「星輝も呼んでいい?」

いくら未練があったとしても、あの小僧が自分を裏切った相手と一緒に住みたがるとは思えないが。

「好きにしろ。すべてはあの小僧がミドリを返してきた後だ」

「オーケー」

小娘が田中ににっこりと微笑みかけた。田中も傍らでにやついている。保護者気取りか。

「あれ？　番号がない。履歴も」

しまった。消したのを忘れていた。どうする？　一年間のただ働き……。

「ねえ、バッグとって」

小娘が田中に言った。田中がとってやると、小娘はバッグから手帳を取り出した。開き、ページをめくっていく。

「手帳に書き写してたのか」と清水は尋ねた。

「そう。スマホなんて水没したら終わりでしょ。だから大事な人の連絡先は書いてる」

小娘が表情を翳《かげ》らせた。

「って言っても、書き写したのは星輝だけ」

「人生はこれからだ」

清水は心にもない励ましをしていた。小娘の人生には暗闇が待ち受けている。他ならぬ自分が手配した。

小娘がページを開き、スマホに入力していく。

「スピーカー通話にして、俺たちにも小僧の返答を聞かせろ」

小娘は頷き、指を動かした後、スマホを床に置いた。大きな呼び出し音が清水にも聞こえてきた。

呼び出し音が途絶え、もしもし、と小僧の声がした。

「あ、星輝、ちょっといい？」

『美雪？　連絡先を消されたんじゃないの』

「手帳に書いてた。星輝のだけ」

『そうなんだ。どうしたの』

素っ気ない声だ。騙されたと信じているとはいえ、もっと喜び勇んだ声を発すると思っていた。

「いまどこ？」

『美雪には関係ないでしょ』

「ある」

『なんで』

「だって星輝が心配だから」

『スマホを渡したんでしょ』

「仕方なかったんだもん。聞いて。部屋がある。渋谷にだよ」

小娘は声を弾ませた。百五十万円と引き換えに、小僧の呼び出しに加担したことには一切後悔がなさそうだ。たいした精神力だ。後ろめたい相手にあんな声が出せるとは。そうか。小娘は変態のオジに虐待を受けている。自分を騙したり、気持ちを切り替えたりするのは、小娘なりの処世術なのだろう。

『へえ。もうおれには関係ないよ』

「どうして」

『〈お世話さん〉から連絡が来たんだ』

「死ぬ気なの？」

『生きている意味がないからね』

「わたしがいるのに？　一緒に渋谷に住めるんだよ。一緒にミ……」

数秒の沈黙があった。小僧が息を吸う音がした。

『なんでおれをあいつらに売ったんだい』

「どうしてもうちを出たかったから」

『家を出たい理由を教えて』

「……星輝には言えない。絶対に言えない」

小娘は目をきつく閉じている。

『残念だよ』

「ごめん」

『おれは〈お世話さん〉に指示された場所に向かってる』

「ミドリはどうしたの」

『やっぱり。美雪はミドリが欲しいんだね。どうせ周りにあいつらがいるんだろ。おれが渡したのが偽物だとわかって、電話をかけてきたんだろ』

「星輝が戻せば、渋谷の部屋に一緒にいられるから……」

そう、と小僧の声が低くなった。

『取りにおいで。ミドリを持ってきてるんだ。おれの死体の傍らから抜き取ってくれればいい。〈お世話さん〉に指定された場所は――』

3

「約二時間前、あなたは〈みゆっきー〉というアカウントとやり取りしていますね。他にも三人とやり取りしている」

佐良が山内に切り込んでいた。山内は口を開こうとしない。

四人は十三歳から十九歳の若者で、〈みゆっきー〉以外の三人とのやり取りは似たようなものだった。

『決心が変わらなければ、以前伝えた場所で』

『ありがとうございます』

新たな集団自殺の場所を伝えていると思われる。無料アプリのメッセージには具体的な場所への言及は今回もなかった。山内が〈お世話さん〉として接触した四人の通信通話履歴について、佐良がマルタイを警視庁に連れてくる間、毛利は特殊なソフトを使用して洗った。非通知設定での通話履歴があった。発信元を解析したところ、購入者不明のプリペイド携帯だった。地下マーケットではいくらでも買える代物だ。

「あなたはまた四人を殺すつもりですか」

山内は黙したままだ。

今晩か明日に決行されるに違いない。山内とて監察の力をみくびっていないだろう。決行日が今晩、明日以降なら監察なら場所も時間も特定でき、集団自殺を中止に持っていける。ここで黙すのは決行日が近い証左なのだ。人助けと称する集団自殺を実行させるべく、山内は口を閉じている。

「あなたは本当の意味で四人を救うべきではないですか」

佐良が冷静に迫るものの、山内は頑として口を割らない。

毛利の手の平が汗ばんできた。顔を知らない若者四人といっても、あと数時間で命を絶とうとしていると知ったのだ。どうしたって神経が張り詰めてしまう。

最近神奈川県内で集団自殺があったように、山内は何ヵ所もそのための場所を用意しているかもしれない。限りなく可能性が百パーセントに近い場所が知りたい。監察にはいま人員がいない上、職務柄、他課に応援を頼めないのだ。

なんとかして山内の口を割りたい。なんとかして集団自殺の場所を明らかにしたい。なんとかして――。

ドアがノックされた。毛利は佐良に目配せをし、立ち上がった。部屋を出ると、皆口がいた。

「四人とも動き出した。乗ってる電車はばらばら。一人は中央線で高尾方面、一人は山手線で池袋方面、一人は南武《なんぶ》線で立川《たちかわ》方面、最後の一人は小田急《おだきゅう》線で新宿方面。目的地はまだ不明」

これも毛利が手配していた。携帯の位置情報を十五分ごとに知らせてもらうよう、通信各社に頼んだのだ。皆口と須賀にはその連絡を受けてもらっている。

腕時計を見た。四時半過ぎ。練炭自殺は昼間にするものではないだろう。日が落ちてから眠るように死んでいくはずだ。自殺は大抵夜に行われる。父親は例外だ。

とすると、この季節ならあと二時間くらいの猶予がある。その間に移動できる距離の場所を山内は指定したとみるべきだ。

「マルタイは割れた？」

「いえ。だんまりです。なんとしても死なせたいようですね」

「動機はわかったの？」

「誤った正義感ですよ」

毛利は山内の祖父について手短に説明した。

「気持ちは理解できなくもないけど、警官としてかなり歪んでるね。職員が四万人以上もいれば、そういう人も混ざってても仕方ないのかな」

「頭にあっても、実行するかどうかで大きく変わってきます。踏み越えてはいけない一線でしょう」

「どうして十三歳から十九歳の若者が死なないといけないんだろうね。若者の自殺は昔からあったんだろうけど、日本ってその根本原因を改善しようとしてきたのかな」

皆口はもの悲しそうな口調だった。

須賀が廊下を歩いてやってきた。

「一人が池袋で西武池袋線に乗り換え、さらにもう一人も新宿で西武新宿線に乗り換えたっぽいな。中央線で高尾方面に向かっている者もいる点からして、行き先がだいぶ絞られてきた」

毛利と皆口は目を合わせた。二人とも山内が指定した場所が脳裡にはっきりと浮かんでいた。警視庁本部からすぐに赴ける距離ではない。正式な応援は頼めないが――。

「匿名で通報して警邏を向かわせましょう」

「場所をうまく説明できる？」

「やってみます」

毛利はスマホを取り出した。


三崎は中央線に揺られ、ぼんやり窓の外を眺めていた。どうして〈お世話さん〉に指定された場所を美雪に喋ってしまったんだろう。もう一度、彼女に会いたいのだろうか。ミドリのために売られたというのに。一緒に住めると何度も言っていたけど、あんなのは嘘に決まっている。中二が借りられる部屋なんてないはずだ。

美雪は絶対に騙されている。

三崎はズボンのポケットを軽く叩いた。出かける時は、ここに何枚ものティッシュにくるんだミドリを入れていた。ダミーをリュックサックに入れて。

昨日渋谷のワゴン車を出て、新宿に行き、歌舞伎町を何時間もさまよった。トー横キッズたちがあちこちでたむろしていた。彼らを横目に〈お世話さん〉に連絡をとろうとしては止め、ポケットにスマホをしまうのを繰り返した。結局、何もしないで家に帰り、一晩考えた。今日は学校に行って、授業中も考えた。

最後の学校、最後の教室、最後の授業、最後のクラスメイト、最後の通学路。いくつもの最後を想定してみて、何も心が動かなかったので決心した。

昼休み、体調が悪くなったと担任に言って早退した。

家までの帰り道、〈お世話さん〉に連絡をいれた。返信はすぐにあった。何度かやり取りを重ねた後、中年男性から非通知設定での電話があり、『ちょうど今日、集団自殺の予定があります。みゆっきーさんは運がいいですね』と、場所を教えてもらった。道具はすべて用意されているという。

一時間早く家に帰っても、母親は何も言わなかった。子どもに無関心なのだ。

ミドリを託してきた少女は、いま、どこにいるのだろう。彼女に出会わなければ、美雪に裏切られることもなかった。いや、ミドリなんてなければ……。ミドリがなければ、今もまだ美雪と一緒にいられたはずだ。いずれどこかのタイミングで裏切られるとしても、先延ばしにできた。

楽しい時間をまだまだ過ごせた。

時間は元に戻せない。

とりあえず、〈ミドリ〉とは逆側のポケットからスマホを取り出した。三崎は液晶画面を見つめた。指がまったく動かなかった。

調べたいこともない。連絡をとりたい人もいない。ゲームにも興味はない。

三崎はスマホを元のポケットに戻した。スマホの先には何もない。スマホは自分と世界を繋がない。

美雪は本当にミドリを取りに来るのだろうか。死体からミドリを発見し、喜ぶのだろうか。

狂っている。

狂わせたのはミドリなのか、本人が進んでそうなったのか。どちらにしろ、自分は最後まで狂いたくない。

美雪に売られたと突きつけられた後、人生が今まで以上にどうでもよくなった。もう生きていたくなかった。

美雪に出会わなくても、いずれ決心したに違いない。この世界に自分の居場所はどこにもない。未来に希望もない。やりたいこともない。これから見つかるとも思えない。生きている意味なんて一ミリもない。ファンタジーやSF小説を読めなくなるのだけは少し残念だけど。

どうせ自分はひとりぼっちなのだ。自殺は悪いことだと頭では理解している。でも、好きにさせてもらう。

正面の窓から目に眩しいほどの新緑が見える。自分はもうこの景色を二度と見られない。別に構わない。

三崎は車内に視線を配った。高齢の男性と女性、会社員、制服姿の学生、幼い子どもの手を引いた女性、赤ちゃんをあやす男性。色々な人が生きている。ここにいる全員に尋ねてみたい。

何のために生きていますか？

未来に希望はありますか？

生きている意味はなんですか？

三崎は正面に視線を戻した。電車は武蔵小金井《むさしこがねい》駅に到着した。次の国分寺《こくぶんじ》駅で乗り換えだ。あと一時間もあれば、目的の駅に到着する。そこからは少し歩くらしい。人生最後のハイキングになる。

人生最後に顔を合わせる、他の三人はどんな人なんだろう。

清水がハンドルを握り、後部座席には田中と小娘がいた。小娘は窓に頭をもたげて眠っている。清水の眠気はとっくに消えていた。ミドリが偽物だと判明した時から疲れも消えた。脳内麻薬がたっぷり出ているのだろう。

小娘を連れてくるのは誤算だったが、小僧の懐柔には役立つだろう。小娘が言うには、小僧は集団自殺に参加するつもりらしい。こちらが到着した時、すでに小僧が死んでいたら小娘の出番はない。一応の準備だ。

「連絡はしたのか」と田中が言った。

「誰に？」

「あいつだよ」

「するわけないだろ。取り返したと伝えてあるんだ。いまさら偽物だったと言う必要はない。どうせ今から取り返すんだ」

「そうだな、素直に生きるだけじゃ、人生やっていけない」

お前は性欲に素直じゃねえかよ、清水は胸裏で吐き捨てた。

「いままさに死のうとしている最中だったらどうすんだ」

田中は興味深そうな顔で聞いてきた。

「死なせてやるさ」

「お優しいな」

「面倒臭いだけだ」

悪党が人命救助だなんて笑える。清水はルームミラーで小娘をちらりと見た。

「逃げ出さないよう、よく見てろよ」

「任せろ。あとどれくらいで着く？」

「ナビによると、一時間半弱だな」

「そうか。俺もひと寝入りさせてもらう」

「勝手にしろ」

清水は前を見据えた。あの小僧はいまどんな気分なのだろう。確かに人生は面倒事の連続だし、今日で世界が滅んでも構わないと思っていたが、死にたくなった経験はない。小娘に裏切られた程度で死のうとするなんて愚かだ。これから女との出会いなんていくらでもある。

なぜ死にたいのだろう。

人生の意義を見出せなくなった時も、死のうとは一瞬たりとも脳裡をちらつかなかった。あの小僧はあまりにも小さな、狭い世界でしか物事を見ていないのではないのか。小僧に教えてやる人間が周りにいないのだろう。トー横キッズになるくらいだ。親とも教師とも疎遠に違いない。もっとも、一般的な親や教師が中学生に『おまえは狭い世界にいる。広い世界が待っている』と教えているとも思えない。清水は一度もそんな真理を説かれた経験はない。

しかし、そう理解していた。社会は広いのだと。いま目の前の学校社会だけがすべてではないのだと。どうして理解していたのだろう。

どうでもいいか。

誰が生きようが、死のうが、自分の人生には何の関係もない。

交通量の多い国道を西に向けて走っていく。左右にはチェーンの飲食店や大規模なリサイクルショップなどが連なっている。

清水は舌打ちした。

どうして小僧の価値観なんて考えたのだろう。死にたきゃさっさと死ねばいい。十代前半で歌舞伎町に集まる連中はみんな、あの小僧のように人生を儚《はかな》んでいるのだろうか。だとすると、この国が滅びるのも時間の問題だ。

くそ。

また小僧について考えている。田中のように能天気に自分の欲望に忠実に生きられたら、さぞ人生は楽なのだろう。


毛利はハンドルを握り締めていた。助手席には皆口がいる。山内の聴取は佐良だけが行い、須賀は警視庁に待機している。毛利と皆口の予想とまったく別の場所を山内が白状する可能性もゼロではない。そこがいま向かっている場所と正反対なら、手遅れになってしまう。匿名で通報して三十分以上が経った。警邏は未成年たちの身柄を確保できただろうか。できたのなら未成年たちの話を聞け、山内を完全に落とせる。また、自分たちの目でも現場を確かめるべきだ。未成年たちの遺留物は、山内に突きつける物証にもなる。

「毛利君は真剣に死にたくなった経験ある？」

「ありません。どうせいつか死ぬんです。別に死に急ぐ必要はありませんよ」

父親の自殺がなかったら、自分はどんな考えを抱くようになったのだろう。人生を同じ時点からやり直せない以上、比較はできず、結論は出ない。

ただ、十代の頃に社会や取り巻く環境に絶望した経験はない。中高生はきっと目の前の学校生活だけが世界のすべてと捉えがちで、絶望しやすいのだろう。

でも、当時の自分は理解していた。世界は広いのだと。誰からも教えられていないのに。なぜだろう。

そうか。

両親が生きていた頃も、祖父母と暮らし始めてからも購読する新聞や雑誌を読んでいたからではないのか。自分とは関係ない現実世界を知らないうちに摂取していたのだ。いま、新聞を購読している家庭は減っているし、雑誌なんてほとんど読まれていない。かつて電車の網棚に新聞や雑誌があったという頃に比べれば、購読者数は雲泥の差だろう。

新聞や雑誌の代わりにインターネットやＳＮＳが登場し、世の中を席巻しているが、見ず知らずの世界を広げる役割には向いていないのかもしれない。興味のある事柄を掘り下げていく道具としては有効だとしても。

「私はあるんだよね」皆口の声は低かった。「婚約者が殺された時」

「そうですか」

「でもね、誰に殺されたのかわからなかったから、踏みとどまれた。誰が、何のために婚約者を殺したのかを暴くまでは絶対に死ねないって」

「そうですか」

「さっきから『そうですか』ばっかりだね」

「こういう時、他に相槌の仕方があるんですか」

「ないかも」

皆口がかすかに笑い、また真顔に戻った。

「佐良さんの存在も大きかった。佐良さんが裏切ったのかもしれないと疑ったくらい。そうだったら、絶対にぶっ飛ばしてやろうって」

「なかなかですね」

「なかなかでしょ。違う相槌もできるじゃん」

信号が黄色になったが、毛利は加速して通り抜けた。いざとなったらパトランプをとりつけ、赤信号も突っ切っていくつもりだ。

そもそも警邏が見つけきれていない恐れもある。

未成年の自殺を食い止めることは監察の仕事ではない。だが、食い止めたい自分がいる。食い止められたのだろうか。我が目で確かめたい。

必要以上のことをすべきではない。場合によってはその時に課せられた任務を放棄してでも、すべき。

その間にある何かにもう少しで手が届きそうな気がする。

「絶望した時、死にたいと思うのは楽だけど、生きたいと思うにはどんな些細なことでもいいから何かが必要なんだろうね。佐良さんをぶん殴りたいとか、好きな漫画の続きを読みたいとか、好きなアイドルの新曲を聴きたいとか」

自分はなんだろう。

誰かの手料理をもう一度食べたかったのかもしれない。無償の愛が染みこんだ家庭の味をもう一度食べたかったのかもしれない。

食事なんて必要な栄養をとればいい、カプセル一錠で一日分の栄養やカロリーを賄えるのならそれでいいと、いまだに心のどこかで思っているくせに。

付き合った女性の手料理を何度か食べた。いずれも家庭の味ではなかった。自分で作り、女性に食べてもらった料理も家庭の味ではなかった。

皆口のカレーは家庭の味だった。ああいうカレーを食べるため、自殺を否定し、父親を否定し、なんとか生き延びてきたのかもしれない。

誰かに寄り添うために。

寄り添う象徴が家庭の味だったのだろう。家庭とは家族が寄り添って生きていく場なのだから。寄り添う気持ちのない人間に家庭の味は作れないだろう。また、感じられもしないのだろう。

これまでの人生、自分は誰とも寄り添う気持ちがなかったのだ。誰かに寄り添いたいがために警官の道を選んだ本音に気づけていなかったために。佐良と皆口が無自覚の扉をこじ開けてくれたのだ。

4

久しぶりに人間を見て、三崎はほっとした。国分寺駅で西武線に乗り換え、多摩湖駅からひたすら歩き、木立の合間を縫う小路《こみち》に独りで入り、どんどん寂しい場所になっていた。鳥の声や時折どこかで枝が折れる音が聞こえるくらいで、物音もなかった。

山道というわけでもないけれど、道中は小学校の頃の遠足を思い出した。あの時は秩父《ちちぶ》の山に登った。特段楽しかった記憶はない。班で一人浮いていた。他の五人は楽しそうに会話をしていた。

古そうな軽自動車があり、そこに三崎より年上の女性が二人いた。適度な距離感のある雰囲気があり、年齢も違いそうだ。右側は薄いパーカーにジーンズ姿で、左側は青色のワンピースを着ている。

「こんにちは。〈お世話さん〉の紹介で来ました」

三崎は挨拶した。

「こんにちは。よかった、また警察かと思ったよ。近くにいなかったよね?」とパーカーが言った。

「多分。いたら声をかけられたでしょうし」

「四、五十分くらい前に警察が来たんだよね」ワンピースが深い木立の方を指さした。「ちょうど二人して、あっちで用を足してる時でさ。誰もいないのを見て、『通報はいたずらの模様』って無線で言ってるのが聞こえたんだ。引き上げていったけど、驚いちゃって」

「お二人のバッグとかは調べられなかったんですか」

「荷物は自分たちで持ってたんだよ」

「女子は男子みたいにちょちょいって、用を足すわけにはいかないの」とパーカーが眉を上下させた。「君、何歳?」

「十三歳です」

「驚き。十三歳で自殺したいなんて」

パーカーが目を丸くした。

「人にはみんな事情があるんだよ。八十八歳で自殺する人だっているんだから」ワンピースがたしなめるような口調で言った。「ちょうど良かった。そろそろ日が落ちそうだから、色々準備しようとしててさ」

「あと一人来るんでしょ」とパーカーが問う。

「何時に来るのか決まってないでしょ。ひょっとしたら怖《お》じ気づいて、来ない可能性だってあるんだし」

「確かに。途中、ひとけがなくなるから、〈お世話さん〉に騙されたかもって真剣に疑ったもん。通報したの、そいつかもね」

「準備って何をするんですか」と三崎は尋ねた。

「窓をビニールテープで目張りするとか、練炭の火をおこすとか」

「火おこしってキャンプみたいでしょ」パーカーが声を弾ませる。「ここならきれいな星も見られそう。最期に星を見られるなんてちょっとロマンチックだよね」

「〈お世話さん〉に感謝しよう」

二人とも悪い人ではなさそうだ。集団自殺に参加しようというのだから、相応の理由があるのだろう。見た目は中央線で見かけた人たちと何も変わらない。人は見た目じゃ何もわからない。

「警察は練炭とかも調べなかったんですか」

「練炭とか諸々の道具は車の後ろの荷物スペースにあったんだけど、毛布をかけてあったから見えなかったんでしょ」ワンピースが言った。「開けるにも、キーはわたしが持ってたし」

「おれが来る前、〈お世話さん〉もいて、その時にキーをもらったんですか」

「〈お世話さん〉はいないよ。キーはタイヤの陰にちゃんと置いてあった。そう言われてたんだよね」

三崎は言われていなかった。別の三人に伝えておけばいいと判断されたらしい。

「車、不法投棄って判断されちゃって警察が来ないですかね」

「君、よくそんなとこまで気が回るね。大丈夫でしょ。警察がそんな迅速に動くわけないよ。お金だってかかるしさ」

ワンピースが顔の前で手を振った。

パーカーが火おこしをしている間、ワンピースと二人で手分けして、窓のふちに黒いビニールテープで目張りを張っていった。

「ドアの隙間はいいんですか?」と三崎は聞いた。

「開かなくなっちゃうから。乗った後、いざ本番の直前にしないと」

「あ、ですね」

「火はちゃんと点いたみたいだよ」

パーカーが外で落ち葉や枝を集め、石で小さなかまどを組んで火をおこしたのだ。オレンジ色の炎が見えている。辺りに小さな虫が飛び交い、灰も舞っている。

「火種を取った後は、ちゃんと火を消さないとね」

「森林火災になったらやばいですもんね」

「へえ、十三歳なのに森林火災なんて言葉を知ってんだ」

「一応、成績は良かったんです。森林火災は学校で習ってませんけど」

「世の中、難しいよね。成績がいいだけじゃ生きていけないもんね」

話しぶりからして、ワンピースも学校の成績はいい方だったのだろう。

「君は優しいね」

「おれがですか?」

「そう、事情を聞いてこないでしょ」

「お二人も優しいです」

「優しい人間には生きづらい世の中だよね。面の皮が厚くて、やりたい放題で、平気で人を踏みつけられる人間じゃないと生きていけないんだよ」

この人は何度も何度も誰かに踏みつけられてきたのだろう。そうじゃないと、こんな風には思わないはずだ。

運転席、助手席の目張りが終わり、ワンピース、三崎の順で後部座席に移った。

「でも、優しさを殺して聞いておくよ。君よりちょっとだけ長く生きてるから、何かアドバイスできるかもしれない。君はなんで死にたくなったの」

「人生に絶望したんです。希望なんてないんだなって。どれだけ信頼した相手でも、どうせ裏切られるんだって」

美雪はここに来るのだろうか。呼ぶべきじゃなかった。ワンピースやパーカーには関係のない話なのだ。漏れなくワゴン車の男も来る。

ワンピースは首をゆるゆると振った。

「同感。わたしも何もかもが嫌になったんだ。恋も、勉強も、アルバイトも何もかもうまくいかなくてさ」

「見た目はモテそうな感じですけどね」

「わお、嬉しいこと言ってくれるね。あとでハグしてあげる。やっぱ後じゃなくて、いましょう」

ワンピースがいきなり抱きついてきた。柔らかい感触で、柑橘系の香水の匂いが濃厚に鼻腔を刺激した。

ワンピースはかすかに震えている。三崎はワンピースのほっそりした背中に腕を回し、そっと抱きしめた。

「ごめんね。君の悩みはやっぱり解決できないや」

「平気です」

「死ぬの、こわいよね」

「そうですね」

「君くらいの弟がいるんだよね。仲はそんな良くなかったけど、君が一緒にいてくれて嬉しいよ」

いい人なんだな、と三崎は不意に思った。実の弟ともこうしたハグをしたかったのだろう。しばらくそのままでいた。ワンピースの震えが徐々に収まっていく。

「ハグはここまで」ワンピースがハグを解き、微笑んだ。「続きは天国でしよう」

「続き?」

「思春期真っ只中の少年が興味ないとは言わせないぞ」

ワンピースがウインクした。三崎は顔が赤くなるのを感じた。

こんにちは。パーカーが元気に挨拶する声がした。四人目が到着したらしい。どんな人なのだろうか。

「うちらも挨拶しよっか」

ワンピースに促されて車外に出た瞬間、三崎は全身に緊張が走った。

渋谷のワゴン車で向き合った男がいた。かたわらには大柄な男が値踏みするような目つきでパーカーを眺めている。

「また警察かな」とワンピースが呟いた。「さっきは制服を着てたけど……」

三崎はワゴン車の男と目が合った。

「よう、小僧」

三崎は返事をしなかった。

「知り合い？」

小声でワンピースに尋ねられた。

「あいつらは警察じゃないです。悪いやつらです。いま、追っ払いますから」

三崎は意識的に右足を動かした。左足も勝手に動いてくれる。視線はワゴン車の男から逸らさなかった。予想以上に早い到着だ。ミドリへの執着がすごい。美雪に死に顔を見せられなかった。

自分があいつらを誘き出した以上、自分の手で追い払わなきゃならない。


「美雪は来なかったんですね」

小僧が言った。

「おまえの決意を揺らがせちゃ悪いだろ」

清水は答えた。小僧がミドリの返却を渋るようなら、この場に小娘を連行し、目の前で痛めつけ、暴力を止める代わりに渡させるまでだ。

「おまえらの邪魔をする気はない。死にたきゃさっさと死ねばいい。俺たちに見張られて死ぬのは嫌だろ？　早く渡せ」

小僧はいい目つきをしている。ワゴン車で向き合った時とは別人のようだ。これくらいの年代は一日で……いや、数時間で人間が変わった成長を見せる場合があるらしい。

「持ってんだよな」

「渡したら引き上げてくれるんですね」

「さっきも言ったように邪魔する気はない。邪魔したって金にならないだろ。なんなら三錠くらいならやってもいいぞ。冥土の土産だ」

「結構です」

小僧はズボンのポケットに手を突っ込み、ティッシュに包まれたものを取り出した。小僧が手早くティッシュを外すと、ミドリが入っていた。

手の平を出すと、小僧はビニール袋を置いた。

「どうぞ。早く帰ってください」

「ああ。しっかり死ねよ」

清水がきびすを返そうとした時、肩に手を置かれた。田中だった。

「たんま。また偽物かもしれない」

「偽物じゃありません」

小僧が声を張り上げた。

「かもな。確かめさせてもらうぞ」

「どうする気だ?」と清水は言った。

車内に戻り、小娘に投与するつもりだろうか。ハイになった人間を車で運ぶのはリスクが高い。

途中、幹線道路を通らねばならない。

田中がこちらを向き、にやりと笑った。

「簡単な話だ。いまここでどっちかで試せばいい。貸せ」

田中は清水の手からミドリを荒っぽく奪い取り、パーカー姿の少女に向き直った。

「おまえでいい」

「何する気だ？」

清水は厳しく質《ただ》した。ブツは手に入れたのだから、ここに留まっておく理由はない。ガキどもの親が行方不明者届を出していれば、警察がここに来てしまう恐れもある。携帯の微弱電波発信をいままさに追跡しているかもしれないのだ。

「ここでぶちこむだけだ」

「ちょっと待て」

「へましたのはてめえだろうが。てめえのせいでこんなとこまで来るはめになった。少しはお楽しみがあってもいい」

「ふざけんな。もとはと言えば、お前が盗まれたんだろッ」

「うるせえッ」

田中はジャケットの内ポケットに手を突っ込み、ミドリを入れたと思うや、短いナイフを取り出し、鞘《さや》から抜いた。

「てめえは黙って見てろ。すぐに終わる。よがり方が異常なんだ。本物ならすぐにわかる」

「どうかしてるぞ、相手はまだガキだ」

「ガキで結構。大好物だよ。知ってんだろ」田中はナイフを左右に振った。「どうせ今から死ぬ連中だ。何したって別にいいじゃねえか。腕一本切り取るわけでも、殺すわけでもねえ」

田中は体から異様な気配を発している。いまこいつに近づくのは危険だ。何をしでかすかわからない。田中は柔道の有段者で学生時代はどこかの県大会で上位入賞者だったという話だ。腕っ節ではかなわない。

清水は肩を大きく上下させた。

「三万円はお前の自腹だぞ」

「安いもんだ。市場じゃガキは買えねえからな。先に戻っててもいいぞ」

「てめえが殺さないか監視しておく」

「信用ねえんだな」

「この状況でどうやって信用しろってんだ?」

清水は小僧に目をやった。

「いま、こいつに近づくな。怪我をする。黙って見てろ。いいな。すぐに終わる」

悪党同士の会話で薄々何をする気なのか、三崎は察した。ひょっとすると美雪はもうこのおっさんに……。首を振った。いまはこの二人を守らないと。

「早く車にッ」

「だめ、足がすくんで動けない」

パーカーが弱々しい声を発した。

「やめてくださいッ」

三崎は手を広げ、パーカーの前に立ち塞がった。大柄な男はにやけたまま、三崎を見下ろしている。この状況を招いてしまったのは自分だ。なんとかしないと。でもどうすればいい？

「やるならわたしを」

三崎の前にワンピースが立った。ほっそりした背中が小刻みに震えている。さっきとは別種の恐怖が全身を貫いているのだろう。

大柄な男は軽く首を振った。

「あいにくババアに興味ねえんだ」

大柄な男がナイフを持っていない方の手を振った。肉を打たれる激しい音がし、ワンピースが右後方に吹っ飛ばされた。

「小僧もそこをどけ」

「どきません」

大柄な男は眉を動かした。

「いい度胸だ。そうだ。一発もヤらないまま死ぬのも可哀想だし、男同士の情けだ。小僧にも回してやる。俺の後にやっちまえ」

「ふざけんなッ」

三崎は腹の底から叫んでいた。人生で初めての経験だった。ワンピースから伝染したのか、全身の震えが止まらない。

「残念だな。二回目の勧誘はねえ」

おい。ワゴン車の声がした。

「ナイフは使うな。事件になる。あくまでこいつらには自殺をさせろ」

「うるせえな、わかってるよ」

大柄な男が腕を荒っぽく振った。三崎はこめかみに強い衝撃を受け、宙に浮いているのを自覚した。

背中から地面に落ちた。息が詰まり、意識が遠ざかる。大柄な男がパーカーに歩み寄り、手をかけた。意識が朦朧としながらも、三崎は目で大柄な男の動きを追った。ナイフを腰のベルトに挿し、懐からミドリを取り出している。

そして、恐怖で身動きできないパーカーの口をこじ開け、ミドリを押し込んだ。

「大丈夫?」

ワンピースの声が近くでした。意識が徐々に鮮明になっていく。

「……はい。車に逃げててください」

「でも……」

「ぼくもパーカーさんを連れて、すぐ逃げ込みます」

「どうやるの?」

「なんとかします。車の鍵を一ヵ所だけ、後部座席だけ開けておいてください」

肘で体を押し上げ、三崎は上体を起こした。大柄な男はパーカーのもとに屈《かが》みこみ、服を脱がしている。パーカーの上半身は下着姿になり、目も虚《うつ》ろだ。ミドリが効いてきたのかもしれない。

「早く、車に」

三崎はワンピースの背中を押した。ワンピースが駆け出し、車に入った。運転席側から助手席の鍵をしめている姿がうっすら見える。

なんとかすると言ったものの、どうすればいいのか。力の差は歴然だ。大人と子どもという以上の差がある。

ワゴン車の男は距離を置き、無表情で大柄な男とパーカーを見ている。

下着姿のパーカーの傍では火が燃えている。夕暮れ時とあって、空が次第に暗くなってきており、炎の色が鮮明になっている。

大柄な男が上半身の服を脱ぎ、パーカーの下着を剝ぎ取っていく。パーカーは抵抗する素振りもない。意識が飛んでいるのか。

炎から小さな火が飛び散っている。

三崎はハッとした。太股を拳で叩いた。駆け出した。大柄な男もワゴン車の男もこちらを見ていない。

たき火に駆け込み、トングで燃える太くて長い枝をつまんだ。そのまま大柄な男に走り寄り、背中に燃える枝を力任せに押しつけた。

うぉああ。

大柄な男が叫んだ。嫌な臭いがする。三崎は前に回り込み、大柄な男の両目の辺りに燃えさかる枝をさらに押しつけた。じゅっ。液体が気体になるような男がした。大柄な男は尻餅をつき、顔面を押さえている。

「立って」

三崎はパーカーの手を引いた。上半身裸のパーカーは表情がなく、動こうともせず、返事すらしない。足音がした。パーカーの腕を掴み、一気に誰かが引き上げた。

ワゴン車の男だった。

「なんで……」

「こいつを連れて、さっさと逃げろ」

「利害が一致してるだけだ」

三崎は火のついた枝を挟んだトングを持ったまま、パーカーの脇の下に首を突っ込み、彼女の足を引きずるような恰好で車に向かって歩き出した。

「てめえら……」

背中に野太い声を浴びせられ、三崎は足の動きを速めた。

「いい加減にしろッ。引き上げるぞ」

ワゴン車の男の声がする。

早くッ。前方でワンピースがドアを開け、叫んでいる。三崎はさらに足の動きを速める。パーカーは呻《うめ》き声を発している。吐かせた方がいいのだろうか。どうしたらいいのだろうか。どうせ死ぬからこのままでいいのだろうか。

違う。それではあの大柄な男と発想が一緒だ。今から死ぬからって、何をされても、どうなってもいいわけじゃない。

まだ生きているのだ。

「もうやめろ」

細身の男の声がした。三崎は歩みを進めつつ、振り返った。細身の男が大柄な男を羽交い締めにしようとするも弾き飛ばされ、頭から地面に落ちた。

三崎は足を止めず、何とか車に辿りつき、ワンピースの手を借りてパーカーを先に中に入れた。

「君も早く」とワンピースが声を張り上げた。

「はい」

三崎も入ろうとした瞬間、首根を背後から摑まれた。

「てめえは許さねえ」

大柄な男の声だった。三崎は足に力を込め、パーカーに覆い被さる恰好で後部座席に全力で飛び込んだ。トングを離し、体を捻る。ドアに両手を伸ばす。

「ぶっ殺す」

野太い声がして、大柄な男の右腕が光った。刃物——。

三崎は力任せにドアを閉め、大柄な男の腕が挟まれた。間一髪、ナイフの切っ先は三崎の鼻先にある。ワンピースも三崎の体を引っ張ってくれ、ドアがさらに閉まっていく。五秒、十秒と膠着状態が続き、三崎はナイフの切っ先を見つめた。

「いてえなッ、くそッ」

大柄な男はナイフごと手を引っ込めた。三崎はすかさずドアを閉め、すばやく鍵をかけた。大柄な男は刃物の柄で窓を荒っぽく叩いている。そのたびに窓だけでなく、車が揺れた。さすがに車をひっくり返す力はないだろう。

「窓、大丈夫でしょうか」

「平気。車の窓って人力じゃ割れないよ。専用のハンマーみたいな道具を使わないと。浸水被害の時、窓が割れなくて溺れ死んじゃう人もいるくらい」

ワンピースが足元からトングを拾い、まだ燃えている枝をつまみあげると、練炭の中に押し込んだ。練炭がオレンジ色の光を包み込んでいる。

「危機管理に詳しいんですね」

「テレビでやってた。最近、大雨が多いでしょ。線状降水帯とかさ。内側から窓を割るための工具がカーセンターで売ってるらしい」

大柄な男がさらに窓を叩く。うっすら顔が見える。血まみれで酷い形相だ。

「死ぬ時はもっと静かなもんだと、勝手に想像してたよ。狭いし」

ワンピースが苦笑した。後部座席に三人がいた。ワンピースと三崎は半分尻を浮かせるように座っている。

「ですね」と三崎は応じた。「このままでいいんじゃないですか。おれたち、特別な体験をしたわけだし。一蓮托生って感じです」

「おおっ、中二のくせに難しい四文字熟語を知ってんじゃん。そっか、勉強が得意なんだったね」

　パーカーの体には一枚の毛布がいつの間にかかかっている。〈お世話さん〉が用意してくれていたものだ。パーカーはいきなり声をあげて笑い、お腹を異様なほど膨らませたりへこませたりしている。

「彼女、大丈夫かな」

「今から死ぬのに妙な言い方ですけど、命に別状はないでしょう。頭の中はぐちゃぐちゃだと思いますが」

「はちゃめちゃな死に方だよね」

　ぶっ殺してやるッ。出てこいッ。大柄な男が喚《わめ》いている。ワンピースは冷ややかな目つきで大柄な男を一瞥した。

「絶対、出ていくわけないじゃんね。さっさと諦めればいいのに。疲れないのかな。体力馬鹿なのかも」

「ごめんなさい。あいつらをここに呼んだのはおれなんです」

「渡してたやつが理由？」

「ミドリっていう危ない薬です。おれはミドリのために売られたんです。最後に自分の死体を見せ、おれを売った女の子に後悔させようと……」

ワンピースがそっと抱きしめてくれた。先ほどのハグとはまったく別種の感触だった。

「辛かったね。もう大丈夫だよ」

「ごめんなさい……」

車が揺れ、大柄な男の喚きは止まらない。

「お姉さんは許す。君は悪くない。もう気にしなくていい」

五分近く、そのままでいた。ワンピースのハグが終わった。とても穏やかな笑顔を浮かべている。

「星、見られなかったね。火も消せなかった」

「もう一人の大人が消しますよ。死んではないはずです。悪党のくせに、そういうのはきっちり後始末しそうな感じでした」

「そう、ならいい。うちらはあとどれくらいで死ぬんだろう」

「濃度によるんじゃないですか」

そう長くはないはずだ。あと数時間、早ければあと三十分くらいか。いまこの瞬間も、練炭から無味無臭の一酸化炭素が発生している。

大柄な男も、さすがに三十分以上は暴れ続けられないだろう。車が揺れ、練炭は静かに燃えている。

一酸化炭素が残りの人生を埋め尽くしていく。

5

「野太い声が聞こえますよね」

「そうだね、あれは獣じゃない」皆口は険しい顔をしている。

「警官って感じの声でもない。急ごう」

毛利は頷いた。匿名の通報を無視されたのかもしれない。あるいは確認に来たものの、その時は誰もいないのでいたずらと判断された線もありうる。警邏も暇ではない。匿名の通報があったとしても、誰もいなければ張り込みまではしない。

もうすぐ日暮れだ。前回訪れた時よりも木立の葉は茂っている。空気も前回とは明らかに異なる。

どこか騒がしい。何かが起きている。事件現場特有のきな臭さが伝わってくる。現場に出るような事件捜査の回数が少なくてもわかる。

煙のニオイがした。

「キャンプじゃないですよね」

「練炭用に火を焚いているのかも。走るよ」

皆口の号令で毛利も駆け出した。

立派な木々の間を抜けていく。時折、土から出た根や石に足をとられつつも、毛利は走った。皆口は少し後ろにいる。学生時代、毛利は走るのが得意だった。すっかり忘れていた。皆口と佐良と一緒にいると、新たな自分の一面や忘れていた自分の特性に気づかされる。

徐々に煙のニオイが濃くなっていく。

開けた場所が見えた。軽自動車の前に大柄な男が向こうむきでいた。傍らにはもう一人、大人の男がいる。

何をしている?

自殺を止めようとしている?

どうして大柄な男は上半身裸なんだ?

たき火の炎が赤々と周囲を照らしていた。日は沈み、辺りには夕闇が落ちている。

「ぶっ殺すッ、出てきやがれッ」

野太い声だ。大柄な男の声らしい。

車内には確実に誰かがいる。集団自殺のためにこの場を訪れた子どもだろう。引きずりだそうとしているのか。

どこか見覚えがある。

あれは……。そうだ。歌舞伎町で少年少女に暴行をしていた二人組だ。大柄な男は中学教師だった。

大柄な男の右腕が光っている。刃物だ。

「皆口さんッ」

「見えてるッ」

毛利は自然と足の回転がさらに速くなった。

いい加減にしろ。もう一人の男が上半身裸の男の肩に手をかけた。

「引っ込んでろッ」

大柄な男が手を振り払った。

その瞬間、毛利は大柄な男の右手に飛びつき、そのまま軽自動車の車体に勢いのまま叩きつけた。足元に刃物が転がり、蹴飛ばす。

「なんだ、てめえはッ」

大柄な男が叫んだ。

「警察だッ」

「うるせえッ」

左手の裏拳を毛利は後頭部に食らった。視界に星が散る。しかし、大柄な男の右腕は離さなかった。

大柄な男は目の辺りが赤く焼けていた。血が滴り、目がうまく開かないようだ。

「どいてッ」

皆口の声が背後でした。毛利は大柄な男の腕を放し、咄嗟に脇に飛び退《の》いた。影が勢いよく視界を横切る。

皆口の右拳が大柄な男の顔面をまともにとらえた。大柄な男が膝をつく。皆口は続けざま体を旋回させ、回し蹴りを相手の顎に食らわせた。大柄な男は膝からすとんと崩れ落ちる。皆口はさらに相手の顔面に膝蹴りを放った。男は仰向けに倒れ、そのままぴくりとも動かなくなった。

「手錠ある？」

「ありません」

監察は手錠を持ち歩いていない。容疑者の逮捕が目的ではないためだ。

「まずいね。もう少しすれば意識を取り戻す」

「そういえば、あと一人いましたよね」

「あっ、さっき倒れてたとこにいない。どこに……」

「大丈夫だ」突然、背後から声がした。「確保した。手錠もかけた」

須賀だった。その顎を振った先、少し離れた場所で男が地面に転がっている。意識がないらしい。

「どうしてここに？」と皆口が訊いた。

「佐良に、『皆口と毛利のもとに向かってほしい』と頼まれて……今回の場合は指示を受けた、だな。事件が起きる勘が働いたんだろう。佐良のそういう勘は鋭い。手錠を持っていくようにも言われた」

「手錠、もう一つありますか」

「ああ。使え」

須賀が手錠を皆口に渡した。毛利は軽自動車に向き直った。暗くなってよく見えないが、中に人がいる。練炭も見える。赤い枝が練炭の上に置かれている。

まずい。放っておけば、一酸化炭素中毒で車内の若者が死んでしまう。ドアに手をかけた。鍵がかかっている。

「開けるんだ」

毛利は窓を叩いた。

「今度は警察だって」

「ほんとですね」

「あの大柄な男、十五分近く喚いてたね」

「よっぽど暇だったんでしょう」

男が窓を叩き、叫んでいる。ワゴン車の男たちを追ってきたのだろうか。あるいは自分たちを捜しに来たのか。

どっちでもいい。

警察の人は歌舞伎町でも見た人たちだ。自分たちはミドリを巡って、追われていたのかもしれない。三崎は何度か男と目が合った。

「これで火の心配は完全になくなりましたね」

「うん。その点は悪党より信頼できる。うるさいのは変わらないけど。ノックアウトしたの、女の人だったよね」

「そう見えました」

「ああいう道もあったんだね」

ワンピースはどこか寂しそうな声音だった。


「出てくるんだ」

毛利は窓を叩く。車内から反応はない。

おい。毛利は声を張り上げた。

「死を選ぶくらいだ。君たちは普通の生活を過ごせなかったんだろ。何かに絶望したんだろ。だったら普通の一日を過ごせるまで生きてみろ。世間一般の希望なんかにすがるな。夢や希望なんて幻だ。絶望も幻だ。普通の一日に人生の本質があるんだよ」

毛利の声が森林に響いている。喉が痛む、どうでもいい。助けられるのなら、喉なんて張り裂けてしまえばいい。力任せに窓を叩く。

「死にたきゃいつでも死ねる。だけどカレーを食ってからでも遅くない」

また窓を叩く。びくともしない。拳では絶対に割れない。

「俺と一緒にカレーを食おう。あったかいカレーを食おう。口角が引き攣るまで無理矢理笑うんだ。死んだって何も変わらない。歯を食い縛って生きるんだ。思いがけない自分に出会うんだ」

さらに窓を叩く。反応はない。うっすら見える車内では人影が動いていない。

「毛利君、どう？」

「だめです」毛利はドアに向き直った。「死んでも何にもならない。後に残された人間だって、何にも困らない。死ぬだけ損だぞッ」

須賀がいきなり助手席の窓に拳を叩き込んだ。窓は少し揺れ、大きな音を立てたものの割れない。

「義手でも無理だな。手錠を外し、叩きつけてみるか。二人組に逃げられるリスクには目を瞑ろう」

二人組はおそらく犯罪者だが、人の命とは引き換えにできない。あっさりそう納得した自分がいる。手錠。遠心力を利用する発想だ。

遠心力……。脳裡に光が走った。

「皆口さん、小石を集めてください」

毛利は屈み込み、靴紐を解いた。

「カレーか。ちょっと食べたいかも。ああいう大人もいるんだね」

ワンピースが呟いた。

「カレーって不思議ですよね。単語を聞いただけなのに、こんなに食べたくなってくるなんて」

「スパイスには魔力が宿ってんだよ」ワンピースが眉根を揉んだ。「うちは誰も作ってくれなかったけどさ。学食とかココイチで食べるだけで」

「おれは給食で食べるくらいでした」

母親も気まぐれに一度くらいは作ってくれたはずだ。もう味の記憶はない。

窓を叩いていた男が車から離れた。他の二人も離れ、地面に屈み込んでいる。何をしているのだろう。

「なんかちょっと頭が痛くなってきた。目眩《めまい》もする」

「おれも……です」

呂律も怪しくなってきた。

「さっき、ちょっと……だけ思ったんだ。警官……になっても良かったなって」

「出て……いっても大丈夫ですよ」

「駄目でしょ。ドア……を開けたら一酸化炭素が逃げてっ……ちゃう。君と……パーカーちゃんの邪魔に……なっちゃう」

「カレーの人も言った……じゃない……ですか。死ぬのはい……つで……もできる……って。平……気ですよ。今日……がだ……めで……も、また死ねばい……いんです」

だめだ。呂律が回らない。意識も朦朧としはじめた。いよいよ、死が近づいてきているらしい。

「あり……がと。でも、もう手が……動か……ないよ」

ワンピースの声も弱々しかった。三崎も手に力が入らなくなっている。死ぬ間際に頭にあることがカレーについてだとは思わなかった。

ちょっと面白い。

ルームミラーに微笑む自分が映っていた。三崎は目を閉じた。眠りに落ちていくように意識が遠ざかっていく。

警官という将来。確かに悪くない。もう遅いけど。

毛利は靴下に小石を詰め、軽く振った。空気を裂くような音がする。なんとかなりそうだ。

「どうするの」

「こうします」

毛利は軽自動車に向き直り、小石入りの靴下を振り、窓に思い切り打ちつけた。鈍い音がした。

——靴下に詰めて、窓に叩きつけるんだ。

幼き日、河原に遊びに行った際に父親からかけられた一言が役立った。

「いけそうだ」と須賀が言った。

毛利は再度振った。三度、四度と叩きつけていく。

窓に罅《ひび》が入った。毛利はさらに叩きつける。反対側の窓では、皆口がショートストッキングに小石を詰め、窓に叩きつけている。さらに須賀も自身の靴下に小石を詰め、助手席の窓に叩きつけた。

毛利は遮二無二、窓に小石の入った靴下を叩きつけ続けた。罅が蜘蛛の巣状に徐々に広がっていく。額から汗が飛び散る。

「窓が割れたら息を止めろ。一酸化炭素を吸うな」

須賀が指示した。

毛利の一撃が窓を割った。毛利は息を止め、さらに窓を叩き割っていく。ガラスが少年たちの顔に落ちていく。少々の傷は諦めてもらう。死ぬよりましだ。

少年は目を瞑っている。上半身裸の少女は意識がなく、ワンピースの少女も目を閉じ、顔が真っ白だ。一酸化炭素中毒の症状なのか。

毛利は割れた窓に手を突っ込み、開錠し、ドアを開けた。

「替わる。毛利は少し離れて、呼吸をしてこい」

須賀が後部座席に上半身を突っ込み、少年を引き出した。

「今度は私が」

次に皆口が須賀と入れ替わり、上半身裸の少女を引っ張り出した。少年は軽自動車から五メートルほど離れた場所に寝かされている。まだ意識はない。

「最後は俺がやります」

毛利は皆口と替わり、ワンピースの少女を力任せに引き出した。意識がないのでかなり重たく、何枚もの布団を運んでいるようだった。

少年と上半身裸の少女の隣に並べ、寝かせた。三人ともかすかに呼吸をしている。

「救急車を呼ばないと」と皆口がスマホを取り出した。

「もう手配した。能馬さんを通じ、応援も呼んだ。いくら我々が監察とはいえ、刑事事件の容疑者を確保した以上、そうしないわけにはいかん。最寄りの方面本部から警邏の応援が来るだろう。埼玉県警への仁義は捜査一課に切ってもらえばいい」

須賀が応じた。

「死ぬな」毛利は地面に横たわる三人に向けて叫んだ。「人生を諦めるなッ」

終章　単純な話

「刑事部長に感謝された。捜査一課と二課が引き継ぐそうだ」

能馬が淡々と言った。

いつもの会議室には佐良、皆口もいる。毛利は三日前の出来事——少年たちを軽自動車から引き出した後を脳内で振り返っていった。

まず救急隊員が到着し、三人を病院に運んだ。まだ軽い一酸化炭素中毒の症状だったため、三人とも一命を取り留めた。例の二人組が乗ってきたと思しき車にも少女がいた。身柄を確保し、病院に搬送している。薬物中毒の症状があったようだが、だいぶ回復しているという。

応援の警邏が来て、大柄な中学教師ともう一人を連行した。警邏は毛利たちにどんな用で多摩湖のほとりに来たのかを問うてこなかった。監察業務の一環だと能馬経由で告げられ、深入りを避けたのだろう。

確保した二人はいわゆる半グレ——トクリュウで、違法薬物の売買などを手がけていたそうだ。二人が使用していた建築が中止されたマンションの一室から血痕が見つかり、行方不明の少女のＤＮＡと一致した。不動産業の男が死体遺棄を認める供述をしているらしい。

「皆口たちが確保した連中には、人身売買の疑いもあるようです」

佐良が言った。

「どこから聞いたんだ」

「一課の者から」

「マルタイの方は落ちたのか」

「自殺幇助を認めました」

毛利は山内の二度目の聴取にも同席した。

＊

「三人の命は助かりました。四人目は現れなかったようです」

佐良が告げると、山内は全身の力が抜けたようにこくりと頷いた。

「そうですか」

「何年前から自殺幇助を行ってきたのですか」

「八年前、例の元非行少女が殺された後です。本気で死にたい人間がいるのなら、手助けしたいと決意したんですよ。自分は彼女の力になれなかった。それどころか、苦しめてしまった。警官の本分は人助けだというのに……」

「それで誤った人助けを始めた、と」

佐良が抑揚のない調子で突きつけると、山内はゆるゆると首を振った。

「あなたの目から見れば、誤っていたのでしょう」

「これまで何度自殺幇助してきたんです？」

「わかりません。一度もしない年もあれば、一ヵ月間に何回か重なる時もありました。平均すれば年に二、三度でしょう」

警視庁には約四万人もの職員がいる。いくら監察が存在し、能馬や須賀といった猛者が所属すると言っても、万能ではなく、全員の素行を逐一見られるわけでない。こういう不祥事――犯罪は今も隠れているのだろう。

「自殺場所に置いた車は大蔵会の赤根に用意させたのですね」

「ええ。赤根の従兄弟が自動車整備工場を経営しているので。赤根が私の情報屋なのは本当です。十年以上前、ある捜査で出会いました。奴は非行に走る未成年の動向に詳しいんです。組にスカウトするため、情報網があるとか。八年前から事故車を改造してもらい、ナンバーをつけかえて練炭などの道具を買い揃え、車ともども自殺場所に置いてきました。キーは現場についた直後、タイヤの陰に置くようにしていました。習慣化して、誤って持ち帰らないようにするために」

自分が現認した時にはすでにキーはタイヤの陰にあったわけか。

「赤根の見返りは？」

ただではないだろう。少年事件課がマルボウに渡せる情報なんてたかが知れている。振り込め詐欺など一部の犯罪を除けば、一般的な少年少女が容疑者の事件に暴力団が関わるケースは稀だ。

「都内の検問や重点パトロールの日時、場所などを同僚から聞き出し、伝えていました。赤根は当該日を避け、様々な行動をとっていたのでしょう」

「様々な行動とは？　シノギに関する行動だと？」

「聞いておりません」

「聞きたくなかった、あえて聞かなかった——の間違いでは？」

佐良が鋭く問い詰める。

「どう捉えられても構いません」

「注文した車をいつも自分で取りにいったのですか」

「いえ。赤根に任せていました。赤根の手下が都内まで運んできて、どこかで私がピックアップする形で。今回は赤根が人を手配できないので、自分で行ってほしいと」

整備会社の宗岡は、山内を初めて見たと言った。嘘ではなかったのか。

「赤根とはどの程度の頻度で接触を？」

「最初の頃は一ヵ月に一度は。最近は三ヵ月に一度程度あるかないかでしょう」

現認できたのは幸運だった？　何かが引っかかる。密告とのタイミングが良すぎる。山内が今回だけ車を取りにいったのもできすぎだ。つまり……。

「赤根は山内警部補が自殺幇助をしていたのを知っているのですね」

佐良が言った。

山内一人の行動ならば秘密裏に処理できる。しかし第三者、しかも悪党が知っていたとなれば話は別だ。公表しなければならない。また警察の信用は失墜する。

「ええ。最近は会うたび、早くやめろと。何の得にもならないだろと」

山内は歯痒《はがゆ》そうな口調だ。今回の密告はやはり――。

「自殺場所はどのように選定したのですか」

「ネットやアプリの立体地図で場所をピックアップし、足を運び、決めました」

山内は一言一言を噛み締めるように語った。

「どうやって自殺者を集めたのでしょうか」

「最初はスマホで検索して。本気で自殺を希望する若者の言葉は不思議と伝わってきます。そういう書き込みを見つけ、声をかけました。『よければ、力になりますよ』と。いつの間にか一部の間で〈お世話さん〉という一種の都市伝説のような形で広がったんです。最初のコンタクトは自分のスマホを使用していますが、赤根が用意した他人名義のスマホで自殺できる場所などのやり取りをしています」

「罪の意識があるからですね。他人名義のスマホなら履歴を辿られても、あなたに至る可能性は低い」

佐良の指摘に山内は顎を引いた。

「法律に搦《から》めとられ、若者の手伝いができなくなるのを避けたいからです」

「若者が死ねば、決定的な証言は出てきませんからね。状況証拠は積み上がりますが、最後の決定打に欠ける。今回、三人が生き残ったから観念したのですね」

「監察には決定的な証拠なんて必要ないでしょう」

精一杯の皮肉か。

「三人が亡くなっていたとしても、山内警部補は真っ黒ですよ。人間の命を軽んじた犯罪者です。おまけにマルボウの共生者だ」

佐良は冷ややかに告げた。

「そんな言い方はないでしょうッ」山内が唾を飛ばした。「自分の役目だと腹を括っていたとはいえ、苦しかったんですよ。私だって娘がいる身だ、誰かがやらなければならないんです。私だってしたくはなかった」

本音なのだろう。関川早智から連絡が入った後、山内は歌舞伎町で空を眺めた。あれはまた一人自殺させることへの反応だったのだろう。しかし。

ふざけないでください、と毛利は声を出していた。

「身勝手な言い分です。自殺してしまった人間にも失礼でしょう」

山内はうつむくだけで返事をしなかった。

＊

「多摩湖近くで確保した二名と赤根は深く関わっていたようです。半グレ組織を赤根がまとめあげ、実質的なリーダーだったとか」

佐良が能馬に報告を続ける。

「どこで耳にした？　やはり一課からか」

「はい。清水という男が白状しているそうです。赤根を任意同行して、清水に面通しさせると、半グレ組織では高橋と名乗っていたことが判明したようです。赤根の正式な逮捕も時間の問題かと。また、裏社会ではありふれていますが、多摩湖の二名も他人名義のスマホを使っていました。マルタイが使ったものと出所は一緒でしょう」

山内は、赤根がトクリュウを操っている実情を薄々勘づいていたのかもしれない。赤根のシノギには余り関係のない情報も提供させられている。赤根にしてみれば警察の動きを把握していれば、諸々の犯罪を実行しやすい。誤った正義感からトクリュウの活動を結果的に助けていたとすれば、情状酌量の余地は一切ない。

能馬が長机に肘を置き、手を組み、そこに顎を置いた。

「今回の密告とどう関係があるとみる？」

「毛利が読み解きました」佐良が毛利を見た。「言ってくれ」

毛利は半歩前に出た。

「赤根は血を見るのが嫌いなヤクザです。人身売買や違法薬物の売買は血を見なくてすむ犯罪です。いくら自分の手を汚さないとはいえ、マルタイの行動に関わることに気が滅入っていたのでしょう。事実、接触回数が減り、マルタイに早く自殺幇助から手を引くよう言っていました。また、赤根が組内で頭角を現した時期と半グレを仕切り始めた時期は一致します。半グレさえ支配していれば、マルタイは必要ないと、切り捨てたのだと思われます。警察の動きも別ルートで仕入れればすみますので」

「赤根が監察係の存在を知っていて、山内との関係を断ち切ろうと、今回密告を投げてきたと？」

毛利は頷いた。

「監察の存在が知られていても不思議ではありません。暴力団にとって敵である警察組織の情報収集は必須です。赤根は監察に密告を投げ、マルタイが自分と接触する姿を見せたかった。会う機会が減っている中でも、我々が都合良く接触を現認できた理由です」

「策士策に溺れる――か。我々を利用しようとして逮捕されるとは愚かな男だな」

能馬は抑揚のない声で切って捨てた。

「ええ、まさに。私からは以上です」

「結構」

毛利は一礼した。

「佐良と皆口は下がっていい。毛利は残ってくれ。もう少し聞きたいことがある」

能馬の指示で、佐良と皆口が会議室をすみやかに出ていった。ドアが静かに閉まり、会議室がしんとする。

能馬が体勢を変え、懐から銀柄のタクトを取り出した。

「今回、毛利の活躍が大きかったようだな」

監察係として及第点を得たのか？

「引っ張っておいてよかった」

「一つ教えてください。どうして私を監察に？」

「毛利は憶えていないだろうが、私は小さい頃の君と会っている。父上の葬儀でな。所轄時代、父上にはお世話になった。面倒見のいい先輩だった。仕事熱心で、理想的な警官に私には見えた。それは幻想だった。どんなに腕利きで、いい仕事をしていようと、途中で命を投げ出す決断には賛成できない。生への冒瀆《ぼうとく》だ」

能馬は銀柄のタクトで手の平を叩いた。

「同感です」

「そうか。毛利が先輩のご子息と知った時には驚いた。てっきり警察を恨んでいると思っていたからな」

「うちのカイシャを恨んだことはありません」

不思議と恨みはなかった。警察のせいで母親が病死し、父親が自殺したとは微塵も考えてこなかった。

「毛利が優秀な警官だという評判を聞いた。同時に、物腰は柔らかくても感情をまったく窺わせず、サイボーグのようだとも」

能馬が二度、三度と銀柄のタクトで手の平を叩く。

「そこで私が毛利を引き取るべきだと結論づけた。君と父上のためにな」

「うまく意味がとれませんが……」

「いずれわかる時がくる。今の毛利なら時間の問題だ。三人の少年少女を助けるために奮闘したんだろ」

「褒められるほどの行動ではありません」

「ああ。褒めるほどではない。その時、毛利は何を考えていた?」

「死なせない、とだけです」

必要以上のことをすべきではない。場合によってはその時に課せられた任務を放棄してでも、すべき。

少年たちを助けようとした最中、その間にある何かについてなんて頭から消えていた。まさに監察係として必要以上の行動をとっていたというのに。

仕事だけならば匿名の通報なんてせず、多摩湖のほとりで軽自動車を確認し、中に少年少女がいる事実を見るだけで事足りた。監察業務に徹するなら、トクリュウの二人に襲われている少年少女を見殺しにし、その場を去るべきだった。少なくともそう主張するべきだった。

だが――。

自分は一心不乱に三人の命を助けようとした。声を張り上げ、窓を叩き割り、三人が意識を取り戻すように救急隊員が来るまで言葉をかけ続けた。

誰かに寄り添われ、誰かに寄り添いたかったからだ。寄り添う……そう。父親のように。笑いたければ笑えばいい。本心なのだから仕方ない。

毛利は拳を握った。

認めたくないが、そういう意味で父親の影響を受けていたのだ。父親が警官でなければ、警官になる選択肢はなかった。

それだけではない。

父親がいたから、能馬が気にかけてくれていた。あの能面の能馬に。能馬だけではない、監察で佐良と皆口、須賀とも出会った。

「今回毛利が助けた三人はまだ少年少女といっても、物事の善し悪しの判断はついたはずだ。しかし年齢ゆえに見えている世界がとても狭く、浅い。だから自分を、自分の決断を一切疑わずに済む。自死という選択をあっさり飲み込めてしまう」

毛利は目を見開いた。能馬が言わんとしているのは……。

「気づいたようだな」能馬が銀柄のタクトの先を毛利に向けた。「監察に来るまでの毛利は彼ら三人と同じだった。自死を認めてはいなかっただろうが、狭い世界で、狭い視野で生きていた。誰しも視野が狭まりかねない。視野が狭くなる原因は年齢だけではなく、凝り固まった思考性や深い専門性もその一つだ。公安も、捜査一課も。専門馬鹿になってしまいかねない。当然、我々監察も」

必要以上のことをすべきではない。場合によってはその時に課せられた任務を放棄してでも、すべき。その間にあったのは——。

毛利は顎を引いた。

単純な話だった。必要だと思ったのなら職務だろうがその範囲外だろうが目一杯にやればいい、というだけだったのだ。その結果、視野の狭い愚か者から脱せられる。本気で目一杯やろうとすれば、独りよがりにならぬように自ずと周囲にも目配せしなければならない。自分という駒を最大限活かすために。

佐良が最たる例だ。他者や社会の価値観に殉じる人間ではなく、己の頭で考えられる人間だと感じているからこそ、自分は佐良の行動を否定できなかったのだ。

能馬が銀柄のタクトでさらに手の平を叩いた。

「今回の一件は、まさに君にふさわしい案件だった」

「最初から今回の密告の背景を見抜いていたんですか」

「まさか。私は超能力者ではない。もっとも、少年事件課がマルボウと接触するのはいささか奇妙だとは考えた。密告が真実なら相応の理由が隠れているだろうと」

能馬はこともなげに言った。

「私は上司に恵まれたんですね」

「どうだかな。毛利の父上に対する義理立ては終わったようだ」

「上司としての役割は終わっていませんよ」

毛利はにっと微笑んだ。いま、鏡の中の笑顔を見たかった。仮面ではない。作らず、自然と出た微笑みだ。

気分がよかった。

「能馬さんは心から笑えますか」

「聞く相手を間違っているな。いい度胸だ」

能馬の能面は今日も揺るぎない。

「私は心から笑えるようになったんです」

「結構」

「今後もご指導ご鞭撻《べんたつ》のほどよろしくお願いします」

佐良、皆口、須賀、能馬。凄腕だらけの職場で己をもっと磨いていきたい。自分の実力は四人にまだ遠く及ばない。

「引き続き腕を磨いてくれ」

能馬は能面のまま銀柄のタクトを胸ポケットにしまった。滑らかな仕草だった。

本書は書下ろしです。
本作品はフィクションであり、実在の個人・団体とは一切関係がありません。
（編集部）

[著者略歴]

伊兼源太郎（いがね・げんたろう）

1978年東京都生まれ。上智大学法学部卒業。新聞社勤務を経て、2013年に『見えざる網』で第33回横溝正史ミステリ大賞を受賞しデビュー。「警視庁監察ファイル」シリーズの『密告はうたう』『ブラックリスト』『残響』は21年、24年にTVドラマ化。ほかの著書に『事故調』『外道たちの餞別』『巨悪』『金庫番の娘』『事件持ち』『ぼくらはアン』『祈りも涙も忘れていた』『約束した街』、「地検のS」シリーズに『地検のS』『Sが泣いた日』『Sの幕引き』など。

偽《いつわ》りの貌《かお》　警視庁《けいしちょう》監察《かんさつ》ファイル

2024年9月15日　初版第1刷発行

著　者／伊兼源太郎

発行者／岩野裕一

発行所／株式会社実業之日本社

〒107-0062
東京都港区南青山6-6-22 emergence 2
電話（編集）03-6809-0473　（販売）03-6809-0495
https://www.j-n.co.jp/
小社のプライバシー・ポリシーは上記ホームページをご覧ください。

ＤＴＰ／ラッシュ

印刷所／大日本印刷株式会社

製本所／大日本印刷株式会社

ISBN978-4-408-53864-8（第二文芸）